## CRUCERO DE PLACER

Logan se dio vuelta y quedó apoyando la cadera contra la baranda de modo que podía mirar mejor a Teresa. Tenía unos labios hermosísimos. Logan le devolvió la sonrisa, deseoso de volver a abrazarla y besarla.

—Bueno, aunque aún no eres gerente y billonaria, trabajas conmigo, lo cual es un beneficio, ¿no?

Teresa enarcó una ceja y le lanzó dardos con la mirada.

—No querrás que te conteste, ¿verdad?

Él dio un paso al frente y le pasó el brazo por la cintura.

—Sí, quiero. Quiero que reconozcas que no soy un monstruo, como me haces parecer.

A punto ya de protestar por tanta proximidad, Teresa lo miró a los ojos, y eso lo hizo sentir recorrido por ondas eléctricas en todo el cuerpo.

—Tal vez me haya apresurado a juzgarte en el plano personal. En lo professional, creo que no me equivoco.

—Te propongo una cosa. Olvidémonos por unos días del trabajo. Quiero conocerte más.

Se la notaba aún insegura.

—¿Qué tienes en mente?

—Esto. —Inclinó la cabeza y probó esos labios, que le resultaron tan pródigos y sedosos como parecían...

# LA CONQUISTA

## LARA RIOS

Traducción por
Raquel Albornoz

PINNACLE BOOKS
KENSINGTON PUBLISHING CORP
http://www.encantoromance.com

# Capítulo 1

Teresa Romero dejó el bolso sobre su escritorio, se desplomó en su sillón giratorio de cuero e inspiró hondo para serenarse. No llegaba nunca tarde al trabajo, pero hoy los dioses no la acompañaban.

Esa mañana, no sólo había tenido que lidiar contra una invasión de hormigas en la cocina, y luego extender en el piso de la sala el diario mojado porque el repartidor de diarios no era capaz de dejarlo lejos de los rociadores del jardín, sino que además, en el trayecto a la oficina, se le había cortado la correa del ventilador de su viejo Toyota Celica. Tuvo entonces que caminar trescientos metros hasta una estación de servicio, y allí convencer al atareado mecánico de sucio uniforme para que dejara sus otros trabajos pendientes y le arreglara el auto. Una hora y media más tarde volvía a emprender rumbo a Los Ángeles, decidida a llegar, por fin, al edificio blanco y negro que albergaba las oficinas de Penguin Apparel, Inc.

—Hola, Tess —la saludó Krystle, una vendedora chismosa, deteniéndose al pasar por su escritorio—. Me contaron que conseguiste la importante cuenta de la Patagonia.

Teresa frunció las cejas.

—¿Dónde oíste eso?

Krystle se encogió de hombros.

—Se comenta por ahí. —Krystle era, en cuanto a su físico, el equivalente de Teresa pero en rubio; una mujer de pechos grandes, caderas anchas, cintura esbelta, rasgos que hacían sentir cohibida a Teresa por la atención masculina que despertaban. De hecho, trataba de disimular las exageradas curvas de su cuerpo usando respetables trajecitos serios. Krystle, por el contrario, parecía elegir siempre ropa muy estrecha e insinuante. Teresa le admiraba el coraje de exhibir su cuerpo con orgullo, pero en lo personal se sentía cohibida pues le parecía que siempre daba un espectáculo.

—Bueno —dijo Teresa, guardando el bolso en el último cajón de su escritorio e irguiéndose en su asiento—, que yo sepa, todavía no se ha decidido nada.

—En ese momento sonó el teléfono, lo cual le dio un pretexto para librarse de Krystle y ponerse a trabajar. Atendió la llamada y le hizo una seña con la mano a su compañera, pero ésta no se dio por aludida. Se quedó, en cambio, parada frente al escritorio muy sonriente, prestando atención. Escuchando ese solo extremo de la conversación seguramente descifraría lo más posible, y el resto lo adornaría.

La voz de Edward Reed indicándole que quería verla de inmediato en su despacho hizo que dejara de pensar en Krystle. *Fantástico. Un día que llego tarde, y ya el jefe se entera.* Respondió amablemente que iba en el acto.

—¿Te dijo que te asignarían la cuenta? —preguntó Krystle, ansiosa por poder difundir el rumor. En la oficina, todos sabían que ella y Logan Wilde competían por dicha cuenta, y lo más probable era que hasta se hubiera iniciado una apuesta para ver al final quién ganaba.

—Lamento desilusionarte, pero no me dijo lo que quería.

Dejó a Krystle decepcionada y se encaminó al despacho del señor Reed, quien la recibió con una sonrisa.

A lo mejor no la reprendería por haber llegado tarde. ¿Podría ser que de veras le asignaran la cuenta de la Patagonia? Penguin estaba por presentar su nueva línea de ropa de lana para la siguiente temporada, y lo único que faltaba era cerrar trato con un proveedor lanero confiable. Ese proveedor era la estancia El Gaucho, de la Argentina, y Teresa se consideraba capaz de ocuparse de la compra.

—¿Cómo estás, Tess?

—Muy bien —mintió ella. Le dolían tremendamente los pies de haber tenido que caminar esos trescientos metros con tacones altos. También se dio cuenta de que tenía una manchita de grasa en la falda color azul claro, que con suerte nadie vería—. ¿Pasa algo?

—No. Por el contrario, creo que te alegrarás con la noticia que te voy a dar.

Teresa tomó asiento, sintiendo que su excitación iba en aumento.

—¿La cuenta de la Patagonia? —preguntó.

—Casualmente...

—Perdón por llegar tarde —dijo en ese momento Logan Wilde, que entró despreocupadamente, se sentó a su lado y, en su habitual estilo exagerado, esbozó una amplia sonrisa angelical. Teresa estaba segura de que ésa era la sonrisa que usaba para ganarse la compasión de todos en la oficina. Siempre había mujeres que corrían a llevarle la correspondencia, acomodarle el escritorio, pasarle a máquina sus informes y escuchar los tristes relatos sobre sus niños.

—No tiene importancia. Se ve que hoy los dos llegaron tarde —comentó Reed.

Logan miró a Teresa con expresión de espanto.

—¿*Tú* llegaste tarde?

Teresa dejó de lado las ganas de contestarle que su

tardanza era la primera en tres años, a diferencia de la de él, que era cotidiana. Levantó el mentón.

—¿Qué decía usted, Edward?

Logan aflojó su cuerpo largo y delgado en una actitud muy distendida, confiada en exceso.

—Ha llegado el momento de la verdad, ¿no, jefe?

—Le estaba comentando a Tess que seguramente se pondría muy contenta con mi decisión.

Una mínima sombra cruzó por la ancha sonrisa de Logan, y eso la dejó satisfecha, casi tanto como lo que estaba diciendo Reed.

—Prosiga —dijo Logan.

Edward Reed se aclaró la garganta.

—He meditado mucho sobre el tema, y encuentro razones por las cuales cada uno de ustedes merece ocuparse de esta cuenta.

Teresa contuvo el aliento.

—Tess, tú te manejas de manera estupenda con la gente, trabajas largas horas... —Miró a Logan—. Y tú, Logan, eres excelente para cerrar tratos, un gran negociador.

Teresa y Logan se echaron una miradita. Lo que estaba en juego era una cuenta muy importante, que implicaba la oportunidad de viajar a una lejana región en el confín del mundo. Pero más importante aún era que traía aparejada una comisión que le permitiría saldar las deudas de sus padres y garantizar que ellos no perdieran su restaurante.

—Por eso decidí enviarlos a ambos —anunció Reed con una sonrisa.

Se hizo silencio en la oficina. Teresa se preguntó si habría oído bien.

—¿Quiere decírmelo de nuevo? —pidió Logan, frunciendo el entrecejo. Teresa jamás había visto un ceño en esa cara infantil, siempre contenta.

—Creo que entre los dos pueden llevar a cabo la compra y conseguirnos el proveedor de lana que nos hace falta. Uno solo de ustedes que viajara podría hacerlo, pero si intervienen ambos, no nos puede ir mal. Bueno, veamos las cifras...

—A ver, un momentito. —Logan se puso de pie—. Yo no necesito que ella venga conmigo. Puedo hacerlo solo.

—Bueno, yo por cierto tampoco te necesito —retrucó Teresa, con el rostro enrojecido. *¡Qué audacia la de ese hombre!*

—No te ofendas, querida, pero...

—Me llamo Teresa.

—Como sea. Lo cierto es que él te incluye en el viaje porque eres mexicana.

—¿Qué? —Fue ella entonces la que se puso bruscamente de pie—. No puedo creer que hayas dicho semejante cosa.

—Ah, vamos, Tess. No lo dije como una agresión racial, y lo sabes. Él quiere que vayas para traducir, pero no necesito un traductor.

—Logan —intervino Reed en tono severo—, siéntate. Te estás portando como un maleducado.

—Jamás necesité ayuda de nadie para conseguir una cuenta.

*Yo tampoco*, sintió deseos de gritarle Teresa, pero no tenía sentido ponerse a discutir. Volvió a sentarse.

Reed lanzó un suspiro.

—Por si quieres saberlo, Logan, te cuento que en quien primero pensé fue en Tess. Su conocimiento del idioma es una gran ventaja, pero además tiene notables condiciones para la compra. Sin embargo, creo que en este caso habrá que internarse en un territorio machista donde están todos esos esquiladores, y ellos seguramente querrán realizar las negociaciones con algún hombre. He pensado mucho esta cuestión, y al final decidí que van los dos.

Logan miró indignado a Teresa. ¿Acaso se creía que *ella* estaba contenta con la medida? La idea de tener que pasar las siguientes semanas con un engreído no era lo que más le atraía como pasatiempo. De todos los hombres que había en la oficina, justo tenía que clavarse con ese pelmazo pedante y egocéntrico. Pero lo peor de todo era que tendría que dividir con él la comisión, un dinero que podría haberles dado a sus padres.

Logan volvió a tomar asiento.

—¿Qué me toca hacer? ¿Actuar de guardaespaldas suyo?

—Tendrán que pensar cómo quieren encarar el trabajo, decidir si uno de los dos se encarga de hablar y el otro del papeleo y la planificación, por ejemplo. Ustedes eligen la estrategia. Lo importante es pactar la compra al menor precio posible, ¿comprendido?

Ambos asintieron sin despegar los labios.

—Bien. Cuando lleguen ahí, quiero que recorran la estancia, vigilen la operación, practiquen controles de calidad, y si no encuentran objeciones, que concreten la compra.

Los dos escucharon en silencio. Teresa tenía la sensación de estar recibiendo una condena.

—Tendrán tiempo de sobra para planificar. —Edward Reed sonrió al tiempo que abría una carpeta. Se inclinó hacia delante y le entregó un folleto a cada uno—. Ésta es la buena noticia —dijo—: viajarán en un crucero que llegará hasta un puerto cercano a la estancia. Demorarán alrededor de una semana en llegar, puesto que no hay aeropuertos en el sitio adonde van.

¿Ningún aeropuerto?

—Pero hay un pequeño aeródromo en la provincia de Santa Cruz, según me enteré cuando realicé la investigación —comentó Teresa.

—Bueno, teóricamente sí, pero se lo usa más que todo para transporte de cargas. Los aviones de pasajeros llegan una vez por semana, y el servicio no funciona durante las vacaciones.

—¿Entonces vamos en un crucero? —preguntó, incrédula.

—¡Sí! —le respondió Reed lleno de entusiasmo, como si le hubiera hecho un gran regalo—. Pero no crean que soy demasiado generoso. Como les dije, dado que es la época de las fiestas navideñas, casi todos los transportes se suspenden en la Argentina. La única manera de llegar sin problemas es por barco.

—¿No se puede ir en auto? —quiso saber Logan.

—Créanme si les digo que no conviene conducir allá. La mayoría de los caminos de la Patagonia... si es que se los puede llamar así, ni siquiera están asfaltados. No; arribarán a Buenos Aires en avión, y ahí tomarán un barco que irá bordeando la costa.

Teresa se había quedado pensando en algo que él dijo.

—¿Entonces usted quiere que partamos antes de Navidad?

—Así es. El crucero de Navidad/Año Nuevo es el que los llevará hasta San Julián los primeros días de enero. La esquila se hace en el verano—el verano de ellos desde luego.

El ánimo de Teresa se cayó bastante más. Observó brevemente a Logan, pero él parecía no tener objeciones, salvo la de compartir la cuenta con ella. Escuchaba en silencio, casi pensativo.

—Entiendo —aceptó Teresa, con aire solemne.

—Así que dejen de lado todo otro trabajo pendiente, porque parten dentro de una semana.

A última hora, Teresa llevó los sobres cerrados hasta la casilla para la correspondencia. Cuando regresaba a su escritorio, vio una sombra parada a la entrada de su despacho, detrás de un archivador. Todos se habían marchado hacía rato ya, o al menos tendrían que haberse ido.

—¿Quién está ahí? —Se ubicó presurosa detrás de su escritorio, de donde podría sacar unas filosas tijeras, si llegaban a hacerle falta.

—Soy yo, Tess. —Logan dio un paso al frente. Traía puesta vestimenta informal: unos jeans gastados y camisa de algodón. La luz tenue de la luna alumbraba su figura. Su pelo, normalmente color café, despedía reflejos rojizos.

Teresa se sentó con una sensación de alivio. Su compañero era un pelmazo, pero al menos no era peligroso.

Logan tomó asiento frente al escritorio y cruzó sus largos brazos sobre unas pilas de papeles. Apoyó el mentón sobre los brazos en una pose infantil tan adorable, que la obligó a desviar la vista para no perder el enojo que tan bien había acumulado.

—Todavía enojada, ¿eh?

—Estoy terminando el trabajo, Logan. ¿Qué haces aquí? No creo que hayas regresado a la oficina para trabajar.

—¿No? ¿Por qué crees que no he venido a trabajar?

—Porque nunca trabajas sino que juegas. No te tomas nada en serio. Encaras todas tus cuentas como si fueran apenas una diversión. —Hizo como que no advertía su mirada intensa.

—¿Eso crees?

Teresa le dirigió su mejor sonrisa de "No me vengas con ésas, por favor".

Él también esbozó una sonrisita levantando un tanto las comisuras de los labios, como si estuviera tan cansado que no pudiera hacer más que eso. Luego se echó hacia atrás.

—Hay demasiadas cosas como para ponerse serio sin necesidad de agregar el trabajo, también.

Teresa golpeteaba el lapicero contra el escritorio, y ésta hacía un chasquido cada vez que la punta aparecía o se escondía.

—Yo tomo muy en serio mi trabajo —dijo.

—Lo he notado.

—Podría haberme encargado yo sola de comprar la lana. —Quería dejar constancia de que no necesitaba su ayuda para llevar adelante esa cuenta, cuenta que por otra parte debería haber sido suya.

—Yo también podría haberlo hecho solo. Más aún, me gusta trabajar solo.

—Tendrían que habérmela asignado a mí, que me esforcé mucho por conseguirla.

Logan contuvo unas risitas.

—Es una buena razón —dijo.

Teresa dejó de juguetear con el lapicero, la arrojó sobre los papeles y plegó los brazos contra el pecho.

—¿Y cuál es la tuya? ¿Que eres amigo de Reed?

—Termina con eso, Tess —reaccionó él con voz de enojo—. Tengo el doble de experiencia que tú, y más condiciones para cerrar tratos; reconócelo.

—No es verdad.

—Yo concreto el noventa y cinco por ciento de las cuentas que manejo. ¿Cuál es tu porcentaje?

—No sé; nunca...

—Estás en un ochenta y cinco. Admito que es un buen promedio, pero yo consigo mejores condiciones.

Tú tienes facilidad para poner la operación por escrito. Por eso creo que la cuenta deberíamos manejarla así: yo me ocupo de hablar.

Esa vez fue ella la que soltó una risita despectiva.

—Pensé que me tocaba hablar a mí. No te olvides de que soy la mexicana.

Logan suspiró.

—Esta mañana estuve muy grosero. Lo que pasa es que la decisión de Edward me sorprendió tanto como a ti. Tengo por costumbre ganar o perder, nunca un resultado intermedio.

—¿Debo tomar tus palabras como un pedido de disculpas?

—Quiero que a la larga lista de mis defectos no le agregues el de ser prejuicioso.

Teresa se encogió levemente de hombros, y añadió un mínimo gesto de asentimiento. Logan podía ser muchas cosas, pero no racista. Era un hombre que se sentía a gusto con todo el mundo, más allá de la raza o de la edad. Con todos menos con ella, al parecer.

Logan se levantó, dio la vuelta, apoyó sobre el escritorio su trasero ceñido por los vaqueros y se inclinó hacia delante.

—Mira, Teresa —dijo—, a ninguno de los dos le gusta tener que compartir esta cuenta, pero yo creo que *podemos* trabajar juntos. ¿Qué opinas?

Nunca se había sentido tan cerca de Logan. Si bien trabajaban en la misma oficina, trataba de evitarlo lo más posible. Hasta en las reuniones de personal había aprendido a no cruzar la mirada con él pues le veía siempre un brillo burlón en los ojos. Esa noche no se lo veía.

Por primera vez notó qué hermosos ojos color almendra tenía, unos ojazos que parecían hundirse en cualquier cosa que mirara, y pestañas largas y gruesas, de puntas curvas. Su cuello era ancho, y sobresalía en él una enorme nuez de Adán, como si su dueño fuera aún un adolescente en pleno crecimiento. No era apuesto en un sentido clásico—al menos eso le parecía—pero esos ojos daban ganas de quedarse mirándolos toda la noche. Mentalmente se llamó al orden. ¿Qué estaba pensando?

—Trabajaremos juntos, Logan, siempre y cuando no trates de enseñarme cómo hacer lo que me corresponde —respondió, pasando por alto el olorcito a champú para bebés que emanaba de su cuerpo. ¿Champú para bebés? Seguramente había estado con los niños. Era difícil enojarse con un hombre que olía como una criatura.

Logan le guiñó el ojo.

—Cuando esto se termine me lo vas a agradecer —dijo—. Aprenderás muchas cosas sobre cómo se lleva adelante una negociación. —Se enderezó y luego se alejó. —Hasta mañana, Tess.

Y así no más, Teresa volvió a sentirse enojada.

—Ah, no te quejes más. Ojalá me pagaran a mí para realizar un viaje en barco con todos los gastos cubiertos —comentó Karen, dándole a Logan una palmadita en la rodilla.

Frente a la mesa de la cocina de su hermana, Logan se hundió más en su silla hasta quedar sentado con las rodillas separadas y la cabeza colgando entre los hombros. Como al día siguiente viajaría en avión a Buenos Aires, había ido a despedirse de Karen, de su sobrino de cuatro años y su sobrina de siete, y a llevarles los regalos de Navidad.

—Sí, esa parte no la critico. Pero no me gusta que tengas que pasar las fiestas sola con los niños.

Como el padre de Andy y Stacy rara vez aparecía para las fiestas, Logan trataba de estar siempre con

ellos. Desde luego que podría haber reconocido su de-
rrota accediendo a que viajara Tess sola a la Argentina
a hacerse cargo de la cuenta, pero el orgullo no se lo
permitía. No tenía por qué contemplar el rostro presu-
mido de Teresa; tampoco podía dejarla creer que le
había ganado una batalla.

—Lo vamos a pasar bien. Pienso llevarlos a Disneylandia. No ven la hora.

Logan sonrió.

—Me imagino. —Se levantó, metió la mano
en el bolsillo de atrás del pantalón y sacó la bille-
tera—. Toma —dijo, pasándole unos billetes sobre la
mesa.

—No, no quiero que me des dinero. —Tomó las
tazas de café y las llevó a el fregadero.

—Claro que sí. Cómprales a los niños lo que quieran
en Disneylandia. Ya que no voy a poder estar yo,
quiero que cuando vuelva me muestren los recuerdos
que trajeron.

Karen volvió a la mesa y tomó los billetes.

—Es mucho, Logan —dijo.

Su hermano la miró con aire serio.

—Nada es mucho para ellos. Tú y los chicos son mi
única familia.

Karen le obsequió una sonrisa cariñosa de agradeci-
miento. Estaba a punto de decir algo, pero en ese momento irrumpió Andy en la habitación, fue corriendo
a sentarse en el regazo de su tío y le habló a Karen.

—¿Por qué no podemos abrir los regalos ahora,
mamá?

—Porque todavía no es Navidad. —Karen se dio
vuelta y se puso a lavar las tazas.

—Déjalos que abran uno, Karen —la coaccionó
Logan.

—Antes de Navidad, no.

—Pero no va a estar aquí el tío Logan. Por favor, mamá...

Logan sintió que se le estrujaba el corazón. Él tendría que estar ahí para las fiestas. Lanzó un gruñido e hizo como que mordía al niño en el cuello. Andy se retorcía en medio de risas, implorándole que no se lo hiciera más. El tío entonces lo besó en la cabeza y luego lo bajó al piso.

—Un solo regalo hoy, y el resto en Navidad. ¿Qué dices?

—Aceptado —gritó Andy.

Karen no parecía muy contenta. Tenía una mano sobre la cadera, aferrando fuertemente un trapo de cocina.

—Nada más que uno —le pidió su hermano, poniendo una cara de súplica muy parecida a la de Andy.

—Logan, eres peor que los niños. Cuando estás aquí, transgreden todas las normas.

Karen imponía demasiadas normas. Como tuvo a sus hijos siendo demasiado joven, dudaba de sus propias condiciones para criar niños, y eso lo compensaba con una gran rigidez. Logan levantó a Andy y lo sentó sobre sus hombros.

—A ver si aflojas un poco, hermanita. Es Navidad. — Corrió hacia la sala llevando sobre sus hombros al niño, que gritaba y reía. Llamó a Stacy y dejó que ambos abrieran un regalo cada uno. Sentada en un apoyabrazos del sofá, Karen los observaba con una expresión divertida en el rostro.

Logan se ubicó a su lado y sonrió.

—¿Viste que no era tan terrible?

Karen le revolvió el pelo y le besó la coronilla.

—Somos muy afortunados en tenerte.

Logan se quedó mirando a los niños que, de rodillas, mientras abrían los paquetes, arrojaban por el aire

alegres papeles color verde y rojo. Lanzaron chillidos
de felicidad. Logan se dijo que el afortunado era él
por poder compartir la crianza de sus sobrinos. Le encantaba darles los gustos. Luego de un beso y un
abrazo, ambos se marcharon a jugar.

—Tengo que irme, Karen.

Su hermana le pasó un brazo por los hombros.

—Que te diviertas. Y no trabajes tanto.


Ya en el bulevar Laurel Canyon, giró para ubicarse en
el carril izquierdo con la intención de subir a la autopista. El sonido de una bocina atronadora que pasó zum-
bando le dio a entender que el carril no estaba libre.

—Maldición. —Venía pensando en Karen y los
niños, y no se fijaba en lo que hacía.

Puso entonces la luz de giro, miró brevemente sobre
su hombro izquierdo, y esta vez pudo girar sin problemas. La rampa de acceso, que describía un círculo, lo
llevó hasta la concurrida autopista. Soltó un suspiro.
¿Qué haría luego? Como era temprano, la idea de volver a su casa le resultaba deprimente. Ya tenía las maletas listas para el viaje, por lo cual no le quedaba nada
por hacer salvo dormir.

Bajó la ventanilla. Una brisa fresca agitó la manga de
su camiseta. Encendió la radio y apretó el botón de
búsqueda de emisoras. Saltó las primeras dos estacio-
nes y se detuvo en la tercera a escuchar un tema nuevo
de Aerosmith. Mientras conducía, tamborileaba con
los dedos sobre el volante. Le gustaba conducir de
noche, pues las luces de los faros lo distendían.

La perspectiva de tener que pasar varias semanas
con una mujer tan severa como Tess no le entusiasmaba nada. ¿Por qué Edward no le habría asignado a
Mary Ann o Brenda? Al menos con ellas podría ha-

berse divertido. Teresa era una estirada que no se permitía sonreír siquiera, y mucho menos pasar un buen momento. Seguramente no sabría cómo divertirse ni aun si estuviera parada en pleno Times Square la noche de Año Nuevo. Una lástima, realmente, porque era bastante linda... qué diablos, era fantástica, de generosa contextura, con curvas muy bien puestas. Un hombre podía estar un buen rato acariciando un cuerpo curvilíneo como el suyo.

Trató de alejar ese pensamiento. ¿Se había vuelto loco? ¿Cómo podía ser que pensara esas cosas sobre la tigresa Tess? La idea de que un hombre la tocara le pareció casi risible.

Sujetando el volante con una mano, se inclinó sobre el asiento del acompañante y sacó de la guantera el boleto de avión para controlar la hora de partida.

Al advertir que le habían dado dos juegos de pasajes —los suyos y los de Teresa—, frunció el entrecejo. ¿Sabía ella que él tenía los de ambos? Desvió un instante la mirada del tránsito y se fijó en el domicilio que figuraba en el boleto de Tess. Como no quedaba lejos de allí, decidió ir a entregárselo. De paso, podían decidir a qué hora la pasaba a buscar al día siguiente. No tenía sentido que ambos dejaran su auto en el aeropuerto de Los Ángeles durante tanto tiempo.

Teresa se encaminó de prisa a la puerta para ver quién se había prendido del timbre. Cuando abrió, el estómago le dio un vuelco, pues ahí en el umbral se hallaba Logan Wilde sonriente, con su aspecto maravilloso de siempre. Cohibida, miró sus propios vaqueros cortados a la rodilla y su camiseta corta. Estaba descalza, y llevaba suelto su pelo rebelde.

—Logan —dijo, cuando recuperó la voz—. Hola.

—Disculpa que haya venido sin anunciarme, pero me di cuenta de que me habían dado a mí tus boletos de avión.

—¿Mis boletos? —Trató de hacer memoria y recordar todo lo que había empacado en su oficina el viernes. Creía haberse cerciorado de que los tenía.

—¿No me invitas a pasar?

Teresa se retiró un mechón de pelo de la cara y dio un paso atrás, al tiempo que hacía un gesto como de disculpas.

—Sí, claro.

Logan entró y paseó la vista por la sala. Ella, por su parte, se sintió molesta por la naturalidad con que su compañero llegaba sin que nadie lo hubiera invitado, y no tenía reparos en examinar como si tal cosa su ámbito personal. Apretó los dedos de los pies sobre la mullida alfombra color vino, sabiendo que estaba desaliñada.

—¿Dónde están los boletos?

Logan los sacó del bolsillo de atrás del pantalón con la mano derecha, los agitó brevemente, golpeándolos luego sobre la izquierda.

—Aquí.

Teresa extendió la mano.

—¿Quieres que te los arroje?

No; quería que él regresara a la puerta de entrada, le diera los boletos y se marchara. Cerró entonces la puerta y se le acercó más al ver que él no se movía. Tomó el sobre de sus manos y notó una sonrisa en su rostro.

—Gracias por venir hasta aquí. Bueno, te veo mañana.

Él asintió.

—Bien tempranito. ¿Paso a recogerte a eso de las...cinco y media?

—¿A recogerme? —Ella misma tuvo la impresión de estar hablando como una tonta esa noche. Lo que pasaba era que la presencia de Logan en su casa la había tomado muy desprevenida. —Tengo quien me lleve.

—Ah. Supuse que iríamos juntos.

—No lo tomes a mal, Logan, pero ya demasiado vamos a estar juntos durante las próximas semanas. No agreguemos más tiempo.

Logan se encogió de hombros como si no le importara en lo más mínimo si ella iba o no.

—Viniendo de ti, no me ofende.

Teresa le dirigió una sonrisa de circunstancias.

—Bueno, entonces... —Hizo un gesto indicando la puerta del frente. Logan se cruzó de brazos y contempló de arriba abajo el cuerpo femenino cubierto con escasas ropas. Sus grandes ojos marrones la miraban con deleite. Teresa se sintió abrumada. Logan jamás la había mirado de esa manera, lo cual le produjo un acaloramiento que le empezó en el rostro y le bajó luego por el cuello y el pecho.

—No es que te quiera echar, pero tengo gente —dijo de prisa.

—¡Teresa! ¿Por qué te demoras?...¡Ah! —dijo su hermana Carla, que salió en ese instante de la cocina como si hubiera estado esperando el momento.

—Perdona, Carla. Vino a verme un compañero de la oficina sin anunciarse.

Parada junto a Teresa, Carla obsequió a la visita una sonrisa amistosa, al tiempo que le daba un suave codazo a su hermana.

—Preséntame —dijo.

Teresa lanzó un suspiro.

—Logan, Carla. Carla, Logan. Él ya se iba.

—Qué pena que tengas tanta prisa. Ya tengo la cena lista, y puedes quedarte si quieres.

*¡No, no quiere!* deseaba poder gritar Teresa.

Logan la miró con cara de satisfacción.

—Sí, cómo no. Me encantaría quedarme. Estoy famélico.

—¿Seguro que alcanza la comida, Carla? Mira que cuando vienen Roberto y los niños...

Carla hizo un gesto como para restarle importancia a sus palabras y no la dejó terminar la frase.

—Sabes que siempre hago de sobra. Ven a la cocina, Logan, y toma asiento.

Logan fue tras Carla, y Teresa no lograba entender qué se traía entre manos su compañero de oficina. A lo mejor lo que quería era averiguar cuáles eran sus puntos débiles para luego usarlos en su contra. Iban a ocuparse juntos de la cuenta, sí, pero seguramente él al final querría adjudicarse todo el mérito.

Marchó lentamente tras ellos, jurando en silencio que después estrangularía a su hermana. Cuando Logan se sentó a la mesa ovalada de la cocina, Carla le sirvió papitas fritas, un tazón con salsa y una cerveza. Inundaba el ambiente el rico aroma de las tortillas fritas.

—Siéntate, Teresita, y conversa con tu invitado mientras yo termino.

Teresa le lanzó una mirada furibunda.

—No es invitado mío sino tuyo —dijo—. Pongo la mesa.

—Hmm —murmuró Logan, llevándose a la boca un bocado con montañas de salsa. Luego puso cara de éxtasis—. Esta salsa es fabulosa —elogió.

—Gracias —respondió Carla con su habitual tono alegre.

—¿La hiciste tú? —preguntó, y cruzó un tobillo sobre la otra rodilla.

Teresa puso en la mesa platos, cubiertos, vasos y servilletas, prestándole la menor atención posible a Logan. En un momento dado le dio la impresión de que él le miraba las piernas desnudas, pero luego

pensó que probablemente se estaba volviendo para-
noica.

—Es del restaurante de mi madre —respondió de
viva voz Carla para que se la oyera por encima del
ruido burbujeante del aceite. Parada junto a la cocina,
seguía friendo tortillas.

—¿Ah, sí? —dijo él, en su tono simpático de siempre
y lanzando miraditas sugestivas—. ¿Tu madre tiene un
restaurante?

—El Horno, en Santa Mónica —respondió Carla.

Teresa no quería hablar de sus padres ni de los problemas que ellos tenían con el establecimiento.

—La única persona capaz de hacer una salsa casi tan
buena como la de mamá es Teresa —siguió informán-
dole Carla.

—¿De veras? Por lo que veo, todas las cosas las haces
bien, ¿no?

Teresa se sentó a su lado, tratando de ocultar su
cuerpo semidesnudo tras la mesa. El calor de la cocina
había caldeado mucho el ambiente. ¿Por qué la miraba con esa expresión intensa en sus ojos castaños? Se
dio cuenta de que le había preguntado algo.

—No cocino tan bien, te lo juro —dijo.

—Por eso es que no come —terció Carla—. No cocina para no tener que comer. —Carla parloteaba por
demás—. Cada día está más flaca.

Teresa puso los ojos en blanco en gesto de impacien-
cia. Y Carla cada día hablaba más como la madre.

Logan recorrió con sus ojos los hombros de Teresa;
luego tomó una papita frita y la cargó con salsa. Se
puso de costado, con lo cual su hombro rozó el de Teresa, y se la acercó a los labios.

—Abre la boca —dijo.

Si abría la boca para protestar, él aprovecharía para
hacerle tragar la papa frita con salsa; por eso inclinó la

cabeza y la movió de lado a lado en mudo gesto de rechazo.

—Vamos, Tess, come.

No estaba dispuesta a dejarse dar de comer en la boca. El solo hecho de pensar que tendría esos largos dedos masculinos tan cerca de los labios la atemorizaba enormemente. Estiró entonces el brazo, le sacó la papita de la mano, y al hacerlo se rozaron los dedos de ambos. En el acto intercambiaron una mirada. Logan soltó la papita y le acarició el borde del dedo índice al tiempo que se retiraba. Teresa sintió que le temblaba la mano.

Ya no se sentía con hambre. Sin embargo, se comió la papita, pues no hacerlo sería como admitirle a Logan que él la ponía muy nerviosa.

Al ver que él le dirigía una sonrisa de picardía se sintió como una tonta.

En el momento en que tragaba la picante salsa, entraron ruidosamente de la calle su cuñado Roberto y los niños. Los hijos de Carla nunca hacían nada en silencio. Logan se puso de pie y se dio vuelta para mirar. Los tres niños entraron a saltos, llamando a Carla, hablando todos al mismo tiempo. Carla les hizo lavar las manos antes de sentarse a la mesa. Roberto le dio un beso a su mujer, luego a Teresa, y se sentó al lado de Logan.

—Hola —saludó al desconocido.

Logan le tendió la mano.

—Hola, qué tal —dijo, y ambos se estrecharon la mano.

—¿Éste es tu nuevo novio, Tere? —bromeó Roberto, e hizo cohibir a su cuñada. *Ay no, con Logan no, por favor.*

—Es un compañero de trabajo, nada más. No digas tonterías.

Roberto y Logan se pusieron a hablar de autos y de deportes. Carla llevó a la mesa los tacos y todos comieron. Logan se entusiasmó con los tacos, y ni qué decir de las papitas y la salsa hecha por la madre. Los dos hombres liquidaron el tazón de papas. Tal como sucedía en el ámbito de la oficina, todos quedaron encantados con Logan. ¿Qué les pasaba? ¿No se daban cuenta del tipo de hombre que era? A ella le resultaba tan transparente...

Al terminar de cenar, Roberto se llevó los chicos a la sala para que pudieran jugar y gritar a sus anchas sin molestar a los adultos.

—La comida mexicana es mi predilecta. Gracias, Carla —dijo Logan, limpiándose la boca y dándose unos golpecitos en su vientre plano.

—Me alegro. Te pido que cuides a mi hermanita en este viaje. Queremos que vuelva sana y salva.

Teresa se puso de pie y sonrió como pidiendo disculpas.

—Tengo veintiocho años, pero para ella sigo siendo una bebita —dijo.

Logan sonrió y apoyó el brazo sobre el respaldo de la silla que había quedado vacía a su lado. Se lo notaba muy a gusto en esa casa.

—A mí me pasa lo mismo con mi hermana. ¿Tú eres la menor, Tess?

—Ay, qué amoroso. ¿Así te llama él? —intervino Carla.

Teresa miró a su hermana con desagrado.

—Todos me llaman así en la oficina. —Se volvió hacia Logan—. Tengo dos hermanos menores, de dieciséis y catorce años.

Logan enarcó las cejas.

—Es una familia numerosa —comentó.

—Normal.

—Más que normal.

Carla comenzó a levantar la mesa e insistió en que Teresa fuera a terminar de preparar las maletas.

—Me sorprende que todavía no tenga todo empacado —dijo Logan, mientras llevaba platos al fregadero.

—Sí lo tiene. Lo que pasa es que mi hermana, si no controla todo cinco o seis veces, no se siente lista. Es un poco neurótica, por si no te habías dado cuenta.

Logan sonrió. ¿Por qué Tess no podía ser más como Carla, una mujer cálida, hogareña? Al parecer Carla había sacado la personalidad y Tess la belleza. Carla estaba un poco excedida de peso, pero no había que olvidar que tenía tres hijos. Tess era bellísima. Para ir a la oficina se ponía unos trajecitos muy aburridos, que no permitían apreciar su hermoso físico... ¡pero esa noche estaba genial!

—Según me cuenta Teresita, tú le robaste la mitad de la cuenta. Quedó muy enojada.

—Y yo que creía que ella me la había robado a mí.

Carla lo miró sonriente.

—Se ve que ella es muy competente.

Logan le guiñó un ojo.

—Es un tigre. Su presencia me ha costado varias cuentas, pero yo soy mejor, y cuando volvamos de este viaje ella lo sabrá con certeza.

Carla cargó el último plato en el lavavajillas, puso el jabón en polvo en su cavidad, cerró el aparato y lo encendió. Luego miró a Logan a la cara.

—¿Por qué tienes que considerarte mejor?

—Porque lo soy.

—No subestimes a mi hermana.

—Jamás se me ocurriría.

—Teresa me dijo quién eras, y así y todo te invité a cenar porque quería ver con mis propios ojos al hombre que ella desearía ver dentro de un ataúd.

Logan soltó una risa.

—Por decirlo suavemente...

—¿Decir suavemente qué cosa? —preguntó Teresa,

que en ese momento regresaba de ponerse un pantalón de gimnasia para cubrirse las piernas, para gran desilusión de su compañero. Los pantaloncitos cortos que tenía antes le daban un aire muy sensual.

Logan y Carla intercambiaron una miradita. A Carla se la notaba incómoda, lo cual significaba que Tess se iba a enojar si se enteraba de que su hermana había estado hablando de ella con Logan. Él, sin embargo, decidió ser sincero:

—Que sigues molesta porque perdiste la cuenta de la Patagonia.

—No estoy molesta ni tampoco perdí esa cuenta.

Logan enfiló hacia la sala. Al pasar, susurró junto al cuello de su colega:

—La mitad. Perdiste la mitad.

—Entonces lo reconoces.

Logan se detuvo y la miró.

—Si la perdí, significa que aceptas que la cuenta era mía. Me correspondía a mí, y tú me la robaste sin merecerlo, como haces con la mayoría de las cuentas.

La sensación exultante que Logan había experimentado un rato antes se le esfumó. ¿Cómo se atrevía a decirle que no merecía esa cuenta? Venía haciendo ese trabajo desde hacía el doble de tiempo que ella. Tenía más contactos que querían entrar en negociaciones sólo con él. Si ella se veía obligada a poner un gran empeño en concretar sus compras, él no tenía la culpa. Sintió deseos de aclararle todos esos datos de la dura realidad, pero lo pensó mejor y no dijo nada. Iban a compartir mucho tiempo juntos durante las semanas siguientes, por lo que sería mejor tratar de llegar a una tregua.

—Por si te sirve de consuelo, Tess, Edward dijo que su primera elección habías sido tú, pero por alguna razón le pareció que no bastaría con que fuera uno solo de nosotros. Lo único que tenemos que hacer ahora es efectuar la compra. Si no lo conseguimos, toda esta conversación pierde sentido.

—La vamos a conseguir. La *voy* a conseguir.

Logan sonrió. Con cuánto gusto la haría bajar de su pedestal. Era una reacción infantil, probablemente inspirada por su ego machista, pero no la pudo evitar. Con expresión arrobada posó sus ojos en los pechos femeninos y arqueó una ceja.

—Sin duda tienes cualidades con las que yo nunca podría competir, Tess, y que ciertamente impresionarán a esos latinos del sur, que hace tres meses que no ven otra cosa que ovejas.

Se retiró sin darle tiempo de reaccionar. La expresión primero de espanto y luego de desprecio que vio pintada en el rostro de Teresa fue suficiente respuesta.

—Ah, cómo lo odio —le comentó Teresa a su hermana—. ¡Cómo se te ocurrió invitar a un tipo tan infantil, exasperante y egoísta!

—Tranquilízate. Si no, se te van a reventar las venas del cuello.

—Lo que pasa es que tú no lo conoces, Carla.

—No me hace falta, porque te conozco a ti. Eres muy competitiva. La decisión está tomada, así que tendrás que trabajar con él. Con lo apuesto que es, no creo que te signifique tanto sacrificio.

Teresa le lanzó dardos con la mirada, y Carla se encogió de hombros.

—Bueno, bueno. Lo que digo es: ¿qué otra alternativa te queda?

—Ninguna.

—Efectivamente.

—Yo ansiaba tanto esa posibilidad, Carla. Así hubiera podido ayudar a mamá y papá a saldar las deudas del restaurante. Si llegan a perderlo...— Meneó la cabeza, pues no quería pensar siquiera en que los padres perdieran su medio de subsistencia. Todavía tenían que pagar la educación de sus hermanos varones, además de vestirlos y alimentarlos. Los adolescentes eran muy caros.

—Yo también quiero ayudarlos, Teresita. Tú haz lo que puedas. Entre las dos nos ingeniaremos para conseguir que no pierdan El Horno.

Ambas se dirigieron a la sala, donde Logan y los chicos estaban mirando un vídeo de un partido de fútbol en que jugaba México.

—Miren a Luis, miren a Luis —exclamó Roberto, al tiempo que señalaba, entusiasmado, a un jugador de la pantalla—. Parece que va bailando con la pelota.

Luis marcó un tanto, lo cual motivó que Roberto y los niños gritaran ¡Gol! a voz en cuello, riendo y dando saltos de alegría.

Cuando se tranquilizaron un poco, dijo Carla:

—Vamos, Roberto, que Teresita mañana tiene que levantarse temprano. Saca ya esa cinta.

—Ay, no. Logan quiere ver el final.

—Otro día —insistió Carla, llevando a los niños hacia la puerta.

Roberto estrechó la mano de Logan.

—Bueno, amigo, aquí la que manda es mi mujer. La cinta te la muestro en otra oportunidad.

—Mañana te paso a buscar a las seis —anunció Carla, en el momento de salir.

—Ah, ¿vas a llevarla tú al aeropuerto? —preguntó Logan.

—Sí, para que no tenga que dejar su auto allá.

—¿Te importa si me agrego yo también? Podría dejar mi coche aquí, ¿no, Tess?

Teresa no pudo negarse, porque el pedido era sensato. ¿Para qué obligarlo a conducir hasta el aeropuerto si ya iba ella? Pero Logan despertaba en ella sentimientos malignos.

—Llevo mucho equipaje. No sé si vas a entrar con tus maletas en el auto de Carla.

—¿Qué dices, Teresa? —intervino Roberto—. Te llevará en la camioneta, que tiene espacio de sobra.

—Ah —repuso ella, totalmente deprimida—. En tal caso, no hay problema.

Logan demostró con una sonrisa victoriosa; había ganado otra vez.

Todos enfilaron hacia la puerta. Su hermana, el marido y los niños subieron a su auto y se marcharon. Teresa y Logan los saludaron agitando la mano.

# Capítulo 2

Logan se sentó en los escalones del porche. *¿Qué se proponía?* Ella quería entrar e irse a dormir, así que él debía levantarse e irse a su casa. Sin embargo, lo que hizo fue apoyar los antebrazos sobre sus rodillas.

—Gracias por la cena —dijo.

—No sé qué te traes entre manos, pero te agradecería que no aparecieras nunca más por aquí sin anunciarte.

—Vine a traerte los boletos, no más.

—Entonces decidiste quedarte y espiar cómo es mi familia.

La miró como si se hubiera vuelto loca.

—¿Por qué habría de hacer semejante cosa? Carla me invitó a cenar y acepté sencillamente. Eso fue todo.

Se puso de pie, con lo cual invadió el espacio de Teresa. Parecía más alto y musculoso, más *hombre* que nunca.

—Podrías haber cenado con tu familia —se empeñó ella en decir, pero sus palabras no transmitieron la sensación de enojo de antes. Más aún, se sintió mezquina por el hecho de pronunciarlas.

—¿Ah sí? ¿Por qué estás tan segura? No todo el mundo tiene una familia como la tuya, Tess.

La estudió con esos ojos de cachorrito que hacían imposible dejar de mirarlos; ella por su parte se sintió hipnotizada por el color castaño subido, por la expresión cálida, tranquilizadora. Tenía las pupilas agrandadas para compensar la falta de luz que había en el porche.

Teresa consiguió desprender su mirada y volverla hacia el piso.

—Discúlpame por haber sido tan mala anfitriona, pero me tomaste por sorpresa. Jamás habría pensado que ibas a caer de visita.

—A veces la gente hace cosas muy raras a causa de la soledad, supongo. —Se encogió de hombros, y luego hizo algo que la llenó de asombro: le rozó el costado de la cara con el dorso de la mano, en un gesto tan suave, tan íntimo, que ella sintió deseos de tomar su mano y dirigirla para que siguiera acariciándola por otras partes del cuerpo.

¿Soledad? Nunca se lo imaginó como un ser solitario. Se había hecho tanta fama que no lo dejaban mucho solo. Durante un brevísimo instante experimentó una extraña sensación de vacío, y deseos de fusionar su alma con la de él.

Logan se marchó sin pronunciar palabra y, con un raro sentimiento interior, ella se quedó petrificada en su lugar mucho después de que él ya hubiera partido. Logan no era el tipo de hombre que le atraía. Su estilo juguetón, su falta de seriedad, su afición por el flirteo no le interesaban en absoluto. Sin embargo, esa noche le había conocido una faceta distinta, el brillo trémulo de algo más profundo que él llevaba dentro y que la hacía estremecer cuando la miraba con sus grandes ojos castaños. Tal vez era eso lo que le veían los demás.

Pero lo cierto es que era el enemigo, cosa que no debía olvidar nunca. Como siempre, se interponía en las metas empresariales que ella se trazaba, privándola esta vez de la recompensa económica que tanta falta le hacía para ayudar a sus padres. Podía ejercer todo su encanto de muchachito y deslumbrar a los demás con su seducción, pero ella no se dejaría afectar. Era muy inteligente y no caería en sus redes.

A toda velocidad se alejó de la casa de Teresa con las ventanillas bajas. Estaba loco, totalmente desquiciado. A quién le importa, se dijo, si Teresa tenía un pelo salvaje color cobre, labios gruesos, tensos, y una silueta esbelta mejor que la de Cindy Crawford, si conseguía que él quedara con su cuerpo blando por dentro y duro como el hierro por fuera. Teresa siempre lo había odiado y siempre lo iba a odiar. No tenía sentido que perdiera la tranquilidad por ella.

Sintió una profunda indignación cuando Edward les ordenó que encararan juntos la misma cuenta. Él trabajaba solo y no necesitaba que nadie lo ayudara, máxime una persona como Tess, que le causaría dolores de cabeza a cada instante. Estando en el despacho de Edward, durante unos segundos creyó que ella no aceptaría la tarea pues significaba tener que trabajar durante las fiestas de fin de año, pero aunque no puso cara de contenta, aceptó igual la orden.

Frenó pues el tránsito avanzaba y por momentos se detenía, característica habitual a cualquier hora del día en que se ingresara a una autopista. Mientras esperaba que los vehículos se movieran, notó que sus dedos tamborileaban, y aferró el volante con más fuerza. Debía aceptar lo que se presentara y tratar de pasarlo lo mejor posible. Trabajaría con Teresa, sí, pero en definitiva encararían la negociación como a él le gustaba hacerlo. De los dos, él era el que sabía más, era mejor, era más importante, era el hombre...

En el trato personal, se comportaría con ella igual que con cualquier otra mujer. Emplearía todo su encanto, la cortejaría lo más posible y quizás entonces no fuera una tortura estar en su compañía. Nunca había tratado realmente de derretir el hielo que ella llevaba en su corazón. Al fin y al cabo era mujer, y todas se rendían ante su simpatía.

Cuando los vehículos volvieron a ponerse en marcha, ya no se sentía tan tenso. Sí, a lo mejor conseguía ablandarla un poco. Por cierto que no sería un sacrificio intentarlo. De hecho, tratar de no mirarla ni tocarla le costaría más que hacer lo que le salía naturalmente e intentar seducirla.

Puesto que el tránsito avanzaba a velocidad normal pudo echarse hacia atrás, dispuesto a conducir de manera distendida. De pronto, el viaje a la Patagonia le resultaba más atractivo. Quizás podría regresar no sólo habiendo conseguido la cuenta más importante de la historia, sino también habiendo logrado imponerse sobre Teresa Romero.

Llegar a Buenos Aires era una aventura larga y agotadora, pero el hecho de ir con Logan puso a prueba su paciencia.

Logan se presentó en casa de ella cuando el sol apenas se desperezaba sobre el horizonte. Cargó las maletas de ambos en la camioneta de Carla, mientras comentaba animadamente todo lo que había averiguado sobre la Argentina y cuántas cosas esperaba ver.

En el aeropuerto insistió en encargarse él de todo. Tomó los boletos e hizo el trámite de embarque para ambos, sin hacer caso de las protestas de Teresa. Ya en el avión, ella tuvo que quedarse sentada a su lado durante dieciocho torturantes horas. Sin embargo, le gustó mirarlo dormir en el asiento contiguo. Reparó en las largas pestañas de puntas onduladas que resaltaban sobre sus pómulos altos. Las pequeñas hendiduras próximas al rabillo de los ojos parecían atenuadas. Los labios, por lo común estirados en una sonrisa, estaban rosados y húmedos. El pelo castaño, fino, levemente despeinado. La huella de unas patillas sin afeitar sombreaba su rostro. El aspecto íntimo de su compañero la hizo reclinar la cabeza y lanzar un suspiro.

En el instante en que él movió las pestañas y abrió los ojos, no tuvo tiempo de apartar la vista y fingir que no lo estaba observando, por lo cual decidió seguir mirándolo. Logan le devolvió la mirada durante un lapso que pareció eterno, pese a que en realidad pasaron apenas unos segundos.

—¿No puedes dormir, Tess? —preguntó con voz ronca, vacilante.

—En los aviones, no.

—¿Quieres apoyar la cabeza sobre mi hombro?

Teresa no pudo contener una sonrisa. Eran las dos de la mañana, y el único sonido era el zumbido suave de las turbinas. El avión estaba a oscuras, y por el momento, la compañía de Logan no le resultaba atemorizante.

—No creo que me ayude a dormir mejor.

—Tal vez no, pero quizás lo disfrutes igual.

Teresa dio vuelta la cara.

—Por mí no te preocupes, Logan. Tú duerme.

—¿Seguirás vigilándome un rato más?

Lo miró de nuevo con la intención de negar que había estado mirándolo, pero en cambio asintió.

—Puede ser. Cuando duermes es el único momento en que no me resultas aborrecible.

Los labios de Logan se crisparon mínimamente.

—Ay, Tess, esas cosas dulces que me dices me hacen sentir algo en este preciso lugar —dijo él, tocándose el pecho. Luego se cruzó de brazos y posó en ella unos ojos más despabilados—. ¿Por qué me odias tanto? —agregó.

Sus palabras consiguieron apabullarla. No estaba habituada a las preguntas tan directas, sobre todo a esa hora de la madrugada. Bueno, en realidad no lo odiaba tanto, y eso mismo le aclaró.

—Sí, claro que me odias. Sé sincera y dime por qué.

Cambió de posición en su asiento para mirarlo a la cara. Él observó su semblante con una expresión de sinceridad mientras aguardaba la respuesta.

—Por empezar, no me gusta cuando te haces el tonto. Sabes perfectamente por qué no nos llevamos bien.

—Porque consigo mejores cuentas que tú.

—Porque no te mereces quedarte con ellas.

—¿Cómo lo sabes, si nunca me viste trabajar? —Se le acercó más.

—Precisamente: nunca te vi trabajar. En la oficina te pasas la mitad del tiempo charlando y seduciendo a las chicas.

Logan esbozó una tenue sonrisa.

—¿Lo que te molesta es que charle y seduzca a las chicas o que no lo haga contigo?

La indignación consumió en ella el resto de cansancio que sentía. Se despabiló del todo.

—No me parece justo que pierdas tantas horas de trabajo jugueteando cuando los demás nos estamos deslomando. —Hizo caso omiso de sus palabras, cuya intención había sido provocarla.

—A lo mejor a mí me basta con la mitad del tiempo para terminar mis tareas. No es culpa mía si tú demoras el doble.

Teresa se enderezó.

—¡Cómo te atreves...!

—¡Eh! —exclamó Logan. Le tomó la mano y se le acercó tanto que Teresa quedó apretada contra la ventanilla del avión. —Habla más despacio, que los demás quieren dormir.

Sintió deseos de apartarlo, pero él le sujetó fuertemente la mano.

—Aléjate de mí, Logan —le advirtió.

—¿Por qué estás tan molesta? Lo único que hacemos es hablar.

—Me estás azuzando a propósito.

—Sí, porque es muy fácil.

Soltó su mano y se golpeó el codo contra la pared.

—¡Ayy! ¿Ves lo que me hiciste hacer?

Logan sonrió, lo cual la enfureció aún más.

—Deberías haberme dejado tenerte la mano. Así te habría dolido mucho menos.

Teresa le lanzó dardos con la mirada mientras se restregaba el codo.

—¿Ves lo que te digo? Esas cosas me vuelven loca. ¿Por qué te consideras obligado a flirtear con cuanta mujer se te pone por delante?

—¿Y eso por qué te molesta tanto?

El porqué realmente no tenía que interesarle a ella.

—Me molesta porque cuando lo haces, consigues lo que quieres. Utilizas tu sonrisa seductora para conquistarte a las secretarias, recepcionistas, a todo el mundo.

—¿Entonces piensas que tengo una sonrisa seductora, Tess? —susurró Logan con voz enronquecida debido a la hora. Su cálido aliento fue un roce provocativo que ella sintió en el hombro—. ¿Eso es lo único que te han contado? —Qué exasperante era ese tipo. Luego la acarició en la pierna—. ¿Sabes lo que pienso? Que te molesta que no trate de seducirte a ti.

¿Honestamente se creía que ella deseaba sus atenciones? Retiró la mano de Logan de su falda, pero él hizo un rápido movimiento y volvió a tomársela.

—Logan, conmigo no flirteas porque no quieres obtener nada de mí. El día que trates de seducirme voy a saber que algo estás tramando.

Logan le levantó el brazo y le hizo apoyar la mano sobre su rodilla.

—A lo mejor significa que me atraes mucho y quiero acostarme contigo.

—Suéltame la mano. No le encuentro nada de gracia.

—El motivo por el cual nunca he flirteado contigo es que te has puesto en la frente un cartel de "No tocar" tan grande como una casa. No es porque no me parezcas linda, porque sí me lo pareces.

—Fabuloso —reaccionó ella con ironía, y pese a que le salió exactamente con el tono que deseaba, el comentario de su compañero le había hecho sentir un cosquilleo de emoción por todo el cuerpo.

Logan sonrió y le soltó la mano, tras lo cual volvió a acomodarse en su propio asiento.

—Es verdad, Tess, y tal como dijiste, no gano nada diciéndolo si no fuera verdad.

—Supongo que debería sentirme halagada. —En realidad, se sentía en peligro. No quería que esos ojos enormes se fijaran en ella, sobre todo porque iban a tener que pasar muchos días juntos en las semanas siguientes.

—Pero no me gusta demasiado tu personalidad, aunque tu físico me parece extraordinario.

—Qué cerdo eres.

Los ojos de Logan se posaron con aire indiferente en la pantalla de cine, sin reafirmar ni negar esas palabras. Algunos pasajeros se habían puesto los auriculares y miraban la película. Logan se quedó mirando también durante mucho tiempo, y eso hizo suponer a Teresa que daba por terminada la conversación. Por raro que pareciera, ella no quería que se acabara.

—¿Dónde dejaste a tus hijos? —le preguntó. Ésa era otra causa, tal vez la más seria, de que le tuviera poco respeto: que a menudo traía los niños a la oficina y los hacía quedarse sentados muy calladitos mientras trabajaba. Muchas veces se iba más temprano, o llegaba tarde, usándolos como excusa. Si una mujer hacía eso, seguro que la echaban, pero Logan lo único que obtenía era miraditas compasivas por parte de hombres y mujeres por igual. Y él lo aceptaba, intercambiando comentarios lastimeros con las mujeres acerca de lo difícil que era para una persona criar sola a sus hijos.

La miró con expresión aburrida.

—¿Mis hijos?

—Sí. ¿O ya los olvidaste?

—No tengo hijos. ¿Te refieres a los hijos de mi hermana?

—El niño y la niña que traes a la oficina.

—Son de mi hermana.

Teresa apenas si pudo disimular su asombro.

—Supuse que eran tuyos. ¿Por qué sueles tenerlos contigo?

—Para darle una mano a Karen, que los cría sola.

—¿Y el papá dónde está?

Logan se puso serio.

—Ese tipo es un desastre. Abandonó a Karen después de nacer Andy, y viene cuando tiene ganas. Yo creo que aparece cuando necesita un plato de comida caliente o un lugar donde pasar la noche. Yo soy la única figura paterna constante que tienen esos chicos.

—Con razón están siempre en la oficina —comentó ella casi para sus adentros, y eso le hizo obtener una miradita de reprobación de su compañero.

—Los paso a buscar por la escuela, los llevo por la mañana, les doy una mano con las tareas escolares. Con eso ayudo a Karen, y los chicos se quedan con la sensación de que tienen un papá... aunque soy un pobre sustituto.

Pero sustituto al fin.

—Muy bondadoso de tu parte.

Logan enarcó una ceja.

—¿Lo dices como cumplido?

—Supongo que sí. No cualquiera sacrifica su vida y su tiempo por la familia.

Él se encogió de hombros.

—Tú sí lo harías, Tess.

Asintió, y sus ojos encontraron la misma expresión compasiva en la mirada masculina.

—Sí, tienes razón. Lo haría.

Logan se acomodó en su asiento. Abrió un poco más las piernas para tener mayor comodidad en el reducido espacio de las butacas de avión, y su rodilla rozó la de Teresa. Cerró los ojos.

—Hasta mañana —la saludó.

Teresa cerró también los ojos, pero no para dormir sino para descansar. No le agradaba tener que reconocerlo, pero sentía por su compañero un nuevo respeto. No era un padre desamorado que forzaba a sus hijos a adaptarse a su horario de trabajo, sino un tío bondadoso que trataba de enriquecer la vida de sus sobrinos aportándoles un modelo masculino.

Eso no modificaba el hecho de que podía llegar tarde cuando quería o llevar los niños a la oficina—cosa que a nadie se le permitía—pero de alguna manera, la generosidad con que dedicaba su tiempo libre a la familia la emocionaba.


A la mañana siguiente cuando se despertó, Logan volvió a adoptar su actitud de pedante y sabelotodo, pero a ella no le importó mucho pues, cuando aterrizaron, se encontraron en un país extranjero, a merced de la buena voluntad de otras personas. Teresa se encargó de hablar y Logan de dirigir.

Fueron en taxi hasta el puerto de Buenos Aires, y allí subieron a bordo del crucero en el que viajarían durante una semana.

Al llegar a su camarote se desplomó, agotada, en la cama, contenta de poder ponerse en posición horizontal. Estaba quedándose dormida cuando de pronto oyó golpes en la puerta, y la voz de su compañero. Protestando, se levantó y abrió con ímpetu.

—¿Qué quieres?

—¿Quieres ir a comer?

—¿A comer? ¿Viniste a molestarme para comer?

Vio en él una actitud de desconcierto.

—Sí... en el avión apenas si probaste bocado.

—Mira, Logan, voy a meterme en esa cama y a dormir, y no pienso verte hasta mañana a la tarde. No me interesa lo que hagas hasta ese momento.

—Bueno, está bien. Quería ser amable, nada más.

—Te lo agradezco —respondió, y sus palabras parecieron mucho más irónicas de lo que había intentado.


Al día siguiente no encontró a Logan. Se levantó tarde, y después de desayunar paseó por todo el buque, fijándose dónde estaba cada cosa. En tres de las cubiertas vio inmensas y rutilantes piscinas y jacuzzis. Mentalmente se hizo el propósito de volver después.

El interior del barco le hizo acordar a la vez en que su padre había llevado a ella y a Carla al lujoso hotel Bonaventure de Los Ángeles a ver cómo vivían los ricos. Al igual que en aquel hotel, cada fuente, cada cuadro y escultura era de calidad. Y tal como sintió aquella vez siendo niña, tenía la sensación de que no pertenecía, aún, a ese ambiente.

Supuso que en algún momento se encontraría con Logan, pero no lo vio. Volvió entonces a su camarote a trabajar, sacó la documentación de su portafolio y comenzó a planear la estrategia para realizar la compra de la lana.

A eso de las seis, Logan le golpeó la puerta.

—¿Ya tuviste tiempo de recuperarte?

—Pasa —dijo, y se corrió a un costado para que él entrara en la pequeña habitación, del tamaño de un ropero—. Estuve preparando un poco el trabajo.

—¿Tan pronto?—preguntó él, al tiempo que se desplomaba sobre la cama.

—Por supuesto.

—Yo en cambio me dediqué a broncearme, conocí a dos inglesas muy simpáticas y nadé un rato en la piscina.

Se quedó mirándolo, estupefacta. ¿Qué se puede contestar a semejante comentario? ¿Te felicito?

—Bueno, mañana te cuento mis ideas porque ya es hora de cenar, ¿verdad?

—Sí —dijo Logan, y se puso de pie—. Por eso vine a buscarte, *querida* —agregó, haciendo una burda imitación del acento británico—. ¿Vamos? —dijo, dándole el brazo.

—Todavía tengo que cambiarme.

—Perfecto. —Volvió a sentarse en la cama como disponiéndose a mirar una buena película.

Teresa apoyó una mano en su cadera.

—Te vas ya mismo de aquí, Wilde, y esperas afuera.

Logan puso cara de desaliento.

—Maldición. Cuando consigo encerrar a una mujer en un camarote, ella me echa a patadas. —Se marchó sin poner mucho reparo, y Teresa no pudo sino sonreír. Qué tipo ése.


Logan estaba muy apuesto con su esmoquin, y eso la impresionó sobremanera.

Por su parte, ella se puso el vestido negro sin breteles que se había comprado para una fiesta de Año Nuevo a la cual había asistido con el novio que tenía en aquel entonces. Logan la miró con evidente placer al verla salir del camarote.

—No estás nada mal, Tess. Valía la pena esperar.

Cuando Teresa vio la elegante mesa de la cena se sintió como si ambos hubieran salido en una cita juntos, lo cual le resultó un tanto desconcertante. Logan pidió una botella de un vino dulce para ambos, y Teresa trató de no advertir el modo en que le miraba la boca cuando ella se llevó la copa a los labios. Llegaron luego tres parejas más a la misma mesa, y se hicieron las presentaciones.

—¿Ustedes están juntos? —preguntó una mujer de cierta edad, llamada Betty.

—Sí —respondió Logan, y obsequió una sonrisa a Teresa. Ella le respondió con una sonrisita nerviosa. No estaban juntos, al menos de la manera que suponía la señora, pero prefirió dejarlo pasar.

Comieron unas excelentes costillas de vaca y cangrejo decorado con pequeñas zanahorias, brócoli y coliflor. Al terminar, se les ofreció una amplia variedad de exquisitos postres.

—¿A qué se dedica su marido? —le preguntó Betty, refiriéndose a Logan.

—Él no es mi marido. —Teresa decidió corregir el error para que no continuara el resto de la semana.

—Ah, entiendo —dijo la mujer, con cara de desaprobación, pero seguramente no entendía en absoluto. Logan había dicho que estaban juntos, y negar que estaban casados no se negaba que hubiera una relación—Teresa sólo quedaba más comprometida. Y bueno, lo que pensaran esas personas la tenía sin cuidado.

Los camareros trajeron una mousse de chocolate decadente de tan sabrosa, y un café muy oscuro. Desde esa mañana el barco parecía haber adquirido mayor velocidad, y el balance se había intensificado, o de lo contrario el agotamiento la estaba afectando, porque empezaba a sentir cierta descompostura. Comió un par de bocados del postre, pero luego decidió no ponerse en el estómago ninguna otra cosa que no pudiera retener.

Logan le tapó una mano con la suya.

—¿Te sientes bien?

Ella no interrumpió el gesto cálido, íntimo con retirar su mano.

—Más o menos.

Logan se limpió la boca con la servilleta de hilo que tenía puesta sobre las rodillas.

—Vamos a retirarnos temprano —anunció a sus compañeros de mesa—. Fue un gusto conocerlos.

Los demás respondieron con sonrisas y similares frases de cortesía. Teresa se puso de pie, se despidió y se fue caminando a la par de Logan.

—Podría haberme ido sola —protestó.

—Yo ya había terminado de comer. Te acompaño a tu camarote. —Dio la impresión de que estaba por tomarla de la mano, pero a último momento decidió no hacerlo. La tocó brevemente en la base de la espalda como instándola a subir al ascensor.

Teresa notó con cuánta naturalidad él se desplazaba, incluso en un barco que se mecía. Llegaron a la cubierta indicada, él le pidió la llave, abrió la puerta del camarote y entró tras ella. Por una vez en la vida Teresa agradeció esa costumbre masculina de ocuparse de todo, porque no bien entró en la habitación corrió al baño y vomitó toda la cena. Le dolía terriblemente la cabeza y transpiraba. Luego se lavó la cara con agua fría, y al menos se le fueron las náuseas.

—¿Puedo pasar, Tess?

—No. —Oía que él estaba del otro lado de la puerta—. Salgo enseguida.

Salió del baño medio mareada, sosteniéndose de las paredes. Sentía las piernas flojas. Vio que él había destendido la cama y le daba palmaditas a la almohada.

—Recuéstate.

Teresa miró esos ojos preocupados. Sintió otro retortijón de estómago, pero el barco ya no se sacudía más.

—Ahora ya puedo arreglarme sola. Gracias.

Logan la tomó del brazo.

—Descansa unos minutos. Cuando yo me vaya, si quieres te levantas y te cambias.

Le obedeció.

Logan se agachó a su lado y le obsequió una sonrisa.

—Ésta no es la idea de cómo me habría gustado llevarte a la cama, pero ¿qué le voy a hacer?

—Conociéndote, estoy segura de que le contarás a todo el mundo que lo hiciste —respondió, sonriendo.

Logan reaccionó con una risa, demasiado estentórea para el dolor de cabeza que ella sentía.

—Ésa sí que es una buena idea. —Le retiró un mechón de pelo húmedo de la frente, y volvió a poner una expresión reconcentrada—. ¿Quieres que te alcance algo?

—No, te agradezco. Lo único que me hace falta es dormir.

Logan hizo un gesto de asentimiento y le dio un beso en la frente como si se tratara de una niña. Luego se enderezó.

—Te veo mañana, tigresa.

Estaba seguro de que jugaba con fuego. Nada le gustaría más a esa mujer que atarlo a uno de los cactus que tenían en la oficina y verlo morir desangrándose. Entonces, ¿por qué diablos esa noche se había fijado en la forma en que movía las caderas cuando ambos se dirigían al comedor? ¿Y por qué había sentido crecer su propia entrepierna, a punto tal que prácticamente tuvo que salir disparando del camarote? Se recostó en la cubierta con la cabeza apoyada en las manos, y contempló la infinidad de estrellas. Soplaba una brisa suave mientras el barco avanzaba lentamente hacia el sur. Se puso a contar las estrellas, lo cual le parecía una idea mucho mejor que tratar de analizar por qué su cerebro sabía qué era lo que le convenía, pero su cuerpo no. Lanzó un suspiro. Ser hombre era una difícil tarea...ay, si las mujeres supieran...

No una sola vez sino tres, Teresa se encaminó al camarote de Logan, golpeó y no obtuvo respuesta. Miró impaciente la hora: las tres de la tarde. No entendía qué le pasaba a su compañero. Ya era el segundo día que permitía que hiciera ella sola todo el trabajo. Le dejó una notita anunciándole que se iba a tomar una copa al bar Signature.

Había trabajado la mañana entera pues se sentía mucho mejor. Por fin su cuerpo había aceptado el constante bamboleo. Qué tierno había estado él la noche anterior, al ocuparse de acompañarla. Hasta tenía cara de preocupado. Le daba vergüenza que la hubiera visto de esa forma, pero él la ayudó, la hizo sentir mejor sin mucha alharaca, por lo cual le estaba agradecida.

—Hola, linda. Gracias por la invitación. —Se lo veía bronceado, además de distendido y muy apuesto.

—¿Dónde estabas?

—Sírvame lo mismo que a ella —le indicó Logan al

camarero, y luego respondió—: A ver... Nadé, desa-
yuné, adelanté varios capítulos de la novela policiaca
que estoy leyendo, perdí dinero en el casino, almorcé,
seguí leyendo y aquí estoy, tomando una copa contigo.
Buena idea, dicho sea de paso.

—¿Te olvidas de que vinimos a trabajar?

Logan abrió los ojos como si le hubiera anunciado
que estaba a punto de arrojarse por la borda.

—Lo dices en broma, ¿verdad?

—No, en absoluto. Faltan apenas cuatro días para
llegar a San Julián.

—¿Y qué?

—Deberíamos tener ya pensado un plan estratégico.
No podemos presentarnos así no más, sin saber lo que
queremos.

Logan alzó su copa y miró a Teresa como si la consi-
derara tonta.

—Sabemos lo que queremos: lana.

—Sabes a qué me refiero.

Bebió un sorbo e hizo una mueca de desagrado.

—¿Qué porquería es ésta?

—Chocolate caliente con coñac a la cereza.

—Puaj, qué asco.

Teresa le retiró la copa de la mano y se la cambió
por un vaso de agua.

—No deberías pedir bebidas que no conoces.

—No sabía que tenías gustos tan raros. Con razón
ayer te descompusiste. —Pidió entonces una eslinga de
Singapur, como si fuera mucho mejor. Teresa apuró el
trago y se puso a beber el que él había dejado.

Logan le apoyó una mano en la rodilla tal como
había hecho en el avión.

—El plan es éste —dijo—. Lo pensé anoche mientras contaba las estrellas.

—¿Mientras contabas las estrellas?

—No me hagas preguntas. Lo que haremos es esto: les decimos que hemos investigado las estancias criadoras de ovejas de los Estados Unidos, Australia, Chile, la Argentina—del mundo entero—y que entre todas, la que más nos gustó fue la suya. Ellos entonces se convierten en proveedores de una importante empresa norteamericana de confección de indumento. ¿Qué más pueden pedir? Y como somos tan buenos, hasta vamos a entregarles un cheque por una abultada suma de dinero. —Bebió un largo sorbo y la miró con una sonrisa de satisfacción.

—Ah, muy brillante tu idea, Logan. ¿Cómo no se me había ocurrido?

Él se encogió de hombros y tomó otro sorbo más. Al parecer, no sabía darse su tiempo para beber.

—¿No se te cruzó por la mente ni por un instante qué vas a hacer cuando se te rían en la cara y te pongan en el primer barco de regreso a Buenos Aires?

Logan se recostó contra el respaldo de su asiento.

—Ahí es cuando entras a actuar tú.

—¿Ah sí? —Se puso muy atenta.

—Estee... ahí es cuando tú te pones los vaqueros más ajustados que consigas y una camisa igualmente ceñida que realce esas hermosas... —carraspeó, al tiempo que sonreía.

Teresa, en cambio, no sonrió.

—O de lo contrario... Sí, fue una mala idea —agregó, enderezándose—. Mejor ponemos en práctica tu plan, que con tanto esmero has preparado.

—¿Ves lo que te digo? No tienes ni la menor idea. No sé en qué estaba pensando Edward Reed cuando decidió enviarte para manejar esta cuenta tan importante.

Logan apuró su trago, le pasó un brazo por los hombros y la atrajo tanto contra su cuerpo que ella pudo sentir el olor a alcohol cítrico de su aliento.

—Te cuento en qué estaba pensando: que este viaje en crucero era una manera de recompensarnos por nuestro excelente trabajo. Quiso que lo disfrutáramos, y que por el trabajo nos preocupásemos cuando llegáramos a San Julián. Así que tranquilízate, bébete unos cuantos más de esos chocolates calientes con gusto a remedio y pronto te olvidarás de las ovejas y la lana.

Teresa le hizo sacar el pesado brazo.

—Me das lástima. Vas a estar borracho antes de la cena.

Él levantó su copa en el aire.

—Eso espero.

Teresa se puso de pie, desalentada por querer razonar con un hombre que se comportaba peor que un niño. Le costaba creer que él iba a dejarla hacer todo el trabajo, y luego adjudicarse la mitad del mérito.

—Emborráchate conmigo, Tess —dijo él, tomándole la muñeca—. Divirtámonos. Olvida que me odias, al menos los días que nos quedan de viaje.

Cuando levantó los ojos, se encontró con la mirada masculina de súplica, inquietante.

—No te odio, Logan, pero emborracharme contigo no me parece lo mejor para pasar un lindo rato. Lo siento.

Él la soltó y pidió otro ponche.

—No tienes la menor idea de lo que es divertirse, muñeca. —Se recostó en su respaldo y apuró su nuevo trago.

Teresa lo dejó en el salón. Cuando estaba empezando a mirarlo con buenos ojos, él le hacía acordar por qué no debía hacerlo.


Cada vez se volvía más difícil trabajar como había planeado. A la mañana siguiente atracaron en el puerto de Mar del Plata, y no hizo falta que viera desembarcar a Logan para saber que él bajaría a conocer el lugar. Parecía estar de vacaciones. Teresa trabajó hasta el mediodía; luego se dejó ganar por la curiosidad. Salió entonces a la cubierta de sol a broncearse y contemplar la espectacular ciudad playera. Había un sol intenso y grandes nubes impulsadas por la brisa, que a ratos brindaban un alivio del calor del sol. Pidió el almuerzo en la cubierta y esperó, disfrutando de estar al aire libre. Pasadas dos horas sintió cargo de conciencia y volvió a su cuarto a terminar de leer el material sobre la industria lanera de la Argentina.

Logan no fue a buscarla para comer, lo cual le hizo pensar si no estaría ofendido. Se vistió, bajó a cenar y lo encontró ya sentado a la mesa. Las otras parejas aún no habían llegado. Su sonrisa franca le dio a entender que no estaba enojado, o al menos eso le pareció. No era del tipo de personas que guardan rencores.

—¿Lo pasaste bien en el paseo?

—Fantástico. Tendrías que haber venido, Tess.

—Yo también disfruté mucho en el barco. Tomé un rato de sol. La vista era magnífica. —No quería que pensara que era el único que se divertía.

Logan puso expresión de asombro.

—Bueno, te felicito. A lo mejor tienes remedio, después de todo. —Sirvió ambas copas de vino y brindó—. Salud.

—Salud —respondió, alzando la suya. Le parecía que habían alcanzado una frágil paz de alguna manera, aunque no sabía bien cómo ni por qué tenía esa sensación.


Al día siguiente Logan fue a visitarla a su camarote después del desayuno. Le pidió que le mostrara lo que había preparado, y pasaron el día entero hablando de temas de trabajo. Pese a que la molestó bastante cuando le cuestionó un par de estrategias, pudieron intercambiar opiniones animadamente. Al final, él cedió en un punto, ella en otro.

Pidieron que les llevaran el almuerzo a la habitación y recibieron una cantidad abundante de sándwiches de pavo, jamón y queso, además de una fuente de frutas frescas. Logan se había sentado en la cama con la espalda apoyada contra la pared, las piernas estiradas y cruzados los tobillos. Teresa se preguntó cómo podía ser que en todo momento se lo viera tan distendido.

—A lo mejor —dijo él mientras daba un mordisco, masticaba y tragaba—, se muestran dispuestos a vendernos la lana, y no se presenta ninguno de estos posibles inconvenientes.

Sentada al pequeño escritorio que había junto a la cama, Teresa le agregaba mayonesa a su sándwich.

—Puede ser, pero lo dudo porque ellos ya trabajan con minoristas locales y no tienen el problema de los impuestos internacionales ni los trámites lentos y engorrosos del gobierno.

Logan comió varios bocados más. A juzgar por el modo en que arrugaba la frente, se notaba que estaba analizando lo que ella había dicho.

—Hace mucho que no comía un sándwich tan rico como éste.

Teresa estaba por dar un bocado al suyo, pero se detuvo y miró a su compañero. Supuso que iba a agregar algún comentario inteligente relativo a la compra de la lana, pero lo único que decía era que le gustaba la comida. Dio un mordisco y, en efecto, el sándwich le pareció sabroso.

—Tal vez acepten una solución intermedia, como sería la de que compartiéramos el pago de los impuestos. De esa forma no tendrían que soportar ellos solos la carga.

—Yo creo que lo que le da tanto sabor es el jamón. Como Selva Negra, ¿no?

Teresa miró brevemente su emparedado y luego lo dejó en el plato. Bebió un sorbo de Coca-Cola de dieta y se hundió más en el sillón.

—A lo mejor, el único incentivo que necesitan es el atractivo de poder asociarse con una importante empresa norteamericana.

—Oye, Teresa, ¿has pensado en tener hijos algún día?

—¿Qué?

—Si quieres tener hijos.

Se quedó mirándolo, y parpadeó mientras pensaba a qué podía deberse esa pregunta. Sentía que le ardían las mejillas.

—Sí, claro, algún día. ¿Por qué?

—¿Te parece que heredarán tu naricita respingada, tu pelo color canela, tu mismo tono de piel o...?

—Logan, ¿qué dices? ¿Qué sé yo cómo van a ser?

—O sea que no tiene sentido hablar sobre eso.

—No...

—Bueno, tampoco lo tiene tratar de adivinar qué va a preferir el dueño de la estancia.

Teresa hizo una mueca de desagrado.

—Muy lindo, sí, pero no es la misma cosa.

Logan se levantó de la cama y dejó el plato sobre el escritorio.

—Es exactamente lo mismo. Estamos haciendo planteos hipotéticos, Tess, pero hasta que no lleguemos a destino no vamos a saber lo que pretenden. Lo único que sabemos con seguridad es que están interesados, porque de lo contrario no le habrían pedido a Edward que nos enviara. Cuando llegamos vemos qué expectativas tienen, les pedimos unos días para pensarlo y después les presentamos una contraoferta o aceptamos.

—¿Pero no te parece que estaríamos en una mejor posición para hacer una contraoferta si lleváramos preparadas varias posibilidades de antemano?

—No habría mucha diferencia.

Pese a que no estaba de acuerdo, lo dejó pasar.

—¿Vas a terminar tu sándwich? —Se sentó frente a Teresa, y miraba el plato con ojos de perrito hambriento.

—No. Estoy satisfecha.

—¿Me lo das?

Era un pedido común y corriente, pero como estaban solos en el diminuto camarote, el hecho de compartir comida con él le pareció un acto muy íntimo. Le pasó entonces el plato sin decir palabra. Logan lo tomó y comió a grandes bocados, como si tuviera un apetito insaciable.

Su pasión por la vida era evidente por la intensidad con que experimentaba todo, hasta por la forma en que paladeaba la comida. De pronto Teresa sintió que le volvía el hambre. Tomó una manzana de la frutera, se puso los anteojos oscuros y decidió salir a la cubierta a tomar el último sol de la tarde.

—¿Adónde vas? —le preguntó él, sorprendido.

—Afuera.

—¡Bueno! —Se limpió la comisura de los labios que tenía mayonesa y salió tras ella, pero cuando estaba por trasponer la puerta, hizo un giro de 180 grados, manoteó una manzana y una banana de la frutera y volvió a salir.

# Capítulo 3

Teresa subió a la cubierta superior y se sacó toda la ropa salvo la bikini celeste que acentuaba sus insinuantes caderas y sus pechos erguidos, y se tendió en una reposera a tomar el sol.

—¿Qué pasa? —dijo, frunciendo el entrecejo.

—¿Por qué me lo preguntas?

—Porque me estás mirando.

—Ah, sí... —Logan se sentó a su lado y siguió admirando sus curvas—. La bikini azul te queda muy bien.

—Es celeste cielo.

—¿Sí? —Se restregó el mentón mientras pensaba que el celeste cielo era el mejor color que había visto jamás.

Teresa meneó la cabeza como hacían las chicas de la secundaria cuando se les acercaba algún ser inferior. Luego volvió a acostarse y no le prestó más atención. Logan fue entonces hasta la tienda del barco y compró un bronceador. Tal vez era un ardid obvio para poder acariciarla un poco, pero qué diablos.

Cuando regresó, la encontró aparentemente dormida. Puesto que entonces no podía verlo, se quedó mirándola sin reparos. Los huesos de sus caderas eran prominentes, y advirtió un profundo hundimiento en la zona que quedaba entre las costillas y la pelvis. Carla tenía razón: estaba demasiado flaca. Sin embargo,

tenía piernas largas y bien torneadas, y senos volumi-
nosos pero firmes.

Se sentó a su lado, se puso un poco de crema bron-
ceadora en las manos, se frotó una con otra y luego se
la aplicó en el muslo a Teresa, que reaccionó levantando en el acto la cabeza.

—Soy yo. Disculpa.

—¿Qué estás haciendo?

—Cuidando tu piel. El exceso de sol hace mal.

—Logan, vine aquí para tostarme.

—Claro, pero no tienes por qué quemarte. Vuelve a
tenderte y tranquilízate.

Lo miró con aire desconfiado unos instantes más;
luego lentamente volvió a echarse. Logan, al ver que
no seguía protestando, casi dio gritos de alegría. Con
movimientos de masaje le pasó crema por las pantorri-
llas, fue subiendo por cada una de las piernas y se
tomó su tiempo al llegar a los muslos.

—¡Cuidado! —le advirtió Teresa, con los ojos cerrados.

Logan sonrió pese a que ella no lo estaba mirando,
pero hizo caso omiso de la advertencia. Le levantó las
piernas y, con movimientos circulares pensados para
excitarla, le puso bronceador en la cara interna de los
muslos. Teresa, sin embargo, no movió ni un solo mús-
culo.

Después, Logan le echó un chorrito de aromático
bronceador sobre el vientre, lo cual hizo que ella con-
trajera los abdominales. Fue frotándole con crema la
zona de las costillas y el vientre cóncavo.

—¿Acaso no comes? —dijo.

—Por supuesto que como.

¿Se imaginó él o era cierto que la voz femenina parecía más ronca que lo habitual?

—Eres muy delgada.

—No me parece.

No se lo imaginó: la voz realmente se notaba más ronca y temblorosa. A lo mejor estaba consiguiendo derretir la coraza de hielo que la rodeaba. Le frotó bronceador entre los pechos, y ella entonces abrió los ojos. Sonrojada, lo miró fijo.

—¿Tienes calor, Tess?

—Hace calor.

—Te pongo crema en los hombros y la espalda, si quieres.

Teresa se quería morir. No sabía por qué permitía que ese hombre tan fastidioso le frotara todo el cuerpo. Bueno, en realidad sí sabía. No quería parecer infantil ni mojigata (después de todo, lo único que le hacía era ponerle bronceador); por eso, como una tonta, se sometió.

Las yemas de los dedos se desplazaron suavemente sobre los senos y bajaron por la separación entre ambos. Quiso retirarle la mano, pero si lo hacía, él iba a saber el efecto que le estaba produciendo en su interior.

—No. No me hace falta en los hombros y la espalda.

—No seas tonta. Si no te pongo crema, te vas a quemar. A ver, date vuelta.

—Bueno. —Se dio vuelta para evitar la vergüenza que le daba seguir mirándolo a los ojos.

La mano grande y cálida se deslizó sobre su espalda, con los dedos que hacían presión sobre el relieve de la columna. Luego desató el cordón del corpiño.

—¡Logan!

—Te lo vuelvo a atar cuando termine. ¿Por qué te pones tan nerviosa?

—Me estás desvistiendo.

—¿Yo? —dijo él, conteniendo unas risitas—. Eres tú la que se quitó casi toda la ropa, de lo cual no me quejo, por supuesto. —Siguió pasándole las manos cremosas por hombros y espalda, pese a que la piel ya había absorbido el bronceador.

—Bueno, ya basta.

Se inclinó sobre ella, y al hacerlo, su cuerpo tapó el sol pero creó su propio calor. El aroma de su colonia era más intenso que el olor tropical de la crema que Teresa sentía en la piel.

—¿Estás segura, Tess? —preguntó, hablándole cerca del oído.

No podía darse vuelta y alejarlo porque exhibiría los pechos a todos los que estaban en la cubierta, pero cuando tuviera el corpiño de nuevo sujeto, lo iba a matar.

—¡Vuelve a atarme!

Logan le apoyó ambas manos en la espalda y luego, metódicamente, comenzó a atar un moño con las delgadas tiras mientras le rozaba la parte posterior del cuello con los labios. De pronto le dio una palmada en las nalgas y se levantó.

—Listo —dijo.

Teresa se dio vuelta con la misma velocidad con que él se alejó.

—Vuelve acá, basura.

Logan esbozó una hermosa sonrisa.

—Estás preciosa, toda engrasada y con ese traje de baño "azul cielo".

—Te crees listo, ¿no?

—Bastante. —Se atrevió a volver y sentarse a su lado—. No estás enojada, ¿verdad? Lo hice para divertirme un rato.

¿Cómo podía uno estrangular a alguien que deliberadamente le ponía su cuello en las manos?

— A costa mía. —Reclinó el respaldo de su sillón y se recostó.

—De acuerdo. Acepto que tocarte me produjo excitación. ¿No lo disfrutaste, aunque sea un poquito?

—¡No! —mintió ella. Le había resultado maravilloso.

—Qué pena —dijo él, encogiéndose de hombros—. Por lo menos hice el intento. No se perdió nada. ¿Me pones crema a mí?

Una vez más los ojos de cachorrito suplicante la miraron. El tipo era insufrible, pero con mucho de adorable también. Tomó el frasco de bronceador, enojada consigo misma por la forma en que reaccionaba ante sus provocaciones.

—Date vuelta —dijo, fingiendo que hacía un gran sacrificio, aunque en realidad pasar la crema por esos hombros anchos y firmes le resultaba muy placentero. Cuando terminó, él le obsequió una enorme sonrisa.

—Gracias, querida. Lo hiciste muy bien.

Teresa le devolvió el frasco, haciendo caso omiso de su actuación hollywoodense.

—¿Y el pecho y las piernas?

¿Qué se creía? Ya no lo iba a tocar más.

—Esa partes puedes encremártelas tú solo.

—Sí, por supuesto, pero me gustaría más que me lo hicieras. A diferencia de ti, soy capaz de reconocer que me agradó sentir tus manos en mi cuerpo.

Empezaba a molestarle todo ese asunto. Sabía que él la estaba provocando, pero no estaba habituada a ese tipo de jueguitos. Decidió entonces no contestarle más.

Logan se rió por lo bajo.

—Bueno, a mí puedes pasarme las manos por el cuerpo en cualquier momento—dijo, con un gesto de complicidad.

Teresa cerró los ojos para ver si se callaba.

—Oye, Tess.

Volvió a abrirlos y lo miró indignada.

—¿Te sientes bien?

La pregunta la sorprendió, pero más aún la ternura que trasuntaba su voz.

—Sí, ¿por qué no?

—Porque me estoy portando como un pelmazo, pero no lo hago con mala intención. Soy así, no más, y a veces me extralimito.

—Ya me di cuenta.

—Tal vez tendría que moderarme porque trabajamos juntos, pero sinceramente no sé cómo se hace. Mi intención no es hacerte sentir molesta.

Estuvo a punto de decirle que no la había molestado, pero como vio que hablaba con sinceridad, le sonrió.

—Tu intención era hacerme sentir *muy* molesta.

Logan inclinó la cabeza y le dirigió una mirada cálida.

—Tienes razón, porque *a mí* me pones muy incómodo casi todo el tiempo, ¿lo sabías?

No, no lo sabía.

—¿Ah sí? —Ella no lo tocaba, no se interponía en su espacio.

—Levantas a tu alrededor un escudo eléctrico de protección, y si alguien se te acerca mucho, termina muerto. A mí siempre estás dispuesta a matarme.

Teresa desvió la mirada. ¿Realmente era tan malvada con él?

—Eso es porque vives fastidiándome.

Logan se encogió de hombros.

—Lo que pasa es que las mujeres fuertes me intimidan.

—Sí, claro —respondió, riéndose. Sabía que él no se dejaba intimidar por nadie.

—A veces intimidas mucho, Tess. A lo mejor me porto como un molesto porque me pones nervioso.

—A lo mejor disfrutas haciéndome pasar un mal momento, no más.

La sonrisita de culpa que él esbozó la convenció de que no se equivocaba.

—Me divierte ver cómo pierdes el aplomo.

—Eso no es muy agradable de tu parte.

El tono alegre de Logan cambió de repente.

—Y tú me tratas lisa y llanamente con hostilidad, Tess.

Puso cara de preocupada. Con independencia de lo que pensara de él, no tenía derecho a tratarlo mal ni a negarle el respeto que exhibía con todos sus compañeros de trabajo.

—Discúlpame.

—¿Somos amigos? —dijo Logan, guiñándole el ojo.

—Puede ser —aceptó. Luego se calzó los anteojos oscuros y se distendió para tomar el sol. Felizmente él hizo lo mismo, y la dejó tranquila con sus confusos pensamientos.

Logan se sorprendió de lo bien que estaba saliendo el día. Cuando Teresa se cansó de tomar el sol, la convenció de ir al salón a jugar una partida de veintiuna. Sorprendido, comprobó que no sabía jugar algo tan sencillo como ese juego. Lo que pasaba, explicó Teresa, era que de niña nunca había jugado a los naipes. Su familia era pobre, y los hijos se entretenían con juegos de su propia imaginación.

—¿No tenían juguetes? —preguntó, incrédulo.

—Sí, claro que teníamos, pero por lo general mis padres nos compraban uno solo para Navidad. Después nos regalaban ropa y artículos para el colegio.

Logan mezcló las cartas.

—¿Y ustedes no pedían naipes? Son baratos.

—¿Pedirías naipes si te hacen un solo regalo por año, o preferirías una muñeca que camina?

Logan se rió.

—Sí, claro, no hay duda. Entiendo.

Dio las cartas, le explicó las reglas y jugaron varias manos. Teresa aprendió rápido, y como era de suponer, después quiso jugar a ganar. Su carácter competitivo no se limitaba sólo al trabajo, evidentemente. A Logan le gustó mucho verla encendida, decidida a ganar la mano siguiente cada vez que perdía. Su rostro adquirió un tono vivo de marrón que la volvía muy bonita. Jugaron durante dos horas, y luego la arrastró a jugar bingo. Allí perdieron los dos.

Lo que le agradaba, sin embargo, era que ella parecía estar pasándolo bien. Además, él disfrutaba estando a su lado. Cuando regresaron cada uno a su cuarto a cambiarse para la cena, se dio cuenta de que sentía deseos de volver a verla.

En el salón comedor, todo estaba decorado para Navidad. Había guirnaldas colgando de las arañas, y rojas flores de pascua por todos los rincones. Teresa estaba muy animada, y Logan la observó dialogar con otras parejas. Luego se preguntó qué clase de mujer sería cuando salía con un hombre. Para él era una mujer fuerte, de un innegable magnetismo. Fascinante.

A lo mejor, lo que lo atraía era el incentivo de tratar siempre de superar esa personalidad avasalladora. La sensación que tenía era que estaba en medio de una tormenta impetuosa; luchaba y al final tenía la satisfacción de haber logrado resistir su embate. Nunca querría dominar a Tess—imposible hacerlo, igual que con la tormenta—pero sí ansiaba recibir todo lo que ella tenía para dar, y triunfar. Era una digna adversaria en todo, se dijo, incluso en la cama.

Sin darse cuenta se había quedado mirándola hablar en tono encendido acerca de la obligación de las empresas de verificar que sus representantes no las dejaran mal paradas. Pensó en quién sería el afortunado;

es decir, el hombre que ella eligiera como amante. Teresa querría ser perfecta; más aún, excepcional. No sería nada desagradable una contienda con ella en la cama. En ese momento Teresa se dio vuelta y le sonrió, y él le devolvió la sonrisa sintiéndose en falta, como si ella hubiera podido leerle los pensamientos.

—¿No estás de acuerdo, Logan?

Distraído, no supo a qué se refería.

—No sé, Tess. En tan pocas cosas coincidimos... ¿Qué opinas tú?

—Creo que hasta tú deberías reconocer que si un empleado hace quedar mal a la empresa para la que trabaja, habría que despedirlo.

—Como de costumbre, querida, eres muy dramática. No coincido con opiniones absolutas.

Teresa hizo un gesto como restándole importancia a su opinión y siguió hablándole a una mujer que al parecer coincidía en un todo con ella.

Después de cenar Logan la invitó a bailar, pero ella no quiso ir, lo cual lo desilusionó, pues no quería dar por terminada la noche aún. Habían pasado un día y una velada muy agradables, y no quería parecer demasiado ansioso. Además, ni siquiera sabía por qué deseaba pasar más tiempo con ella.

—Te vas a perder algo lindo —agregó, y le guiñó el ojo como último intento de hacerla cambiar de parecer.

Teresa le obsequió una sonrisa tan natural y simpática, que casi le hizo perder el pretendido aire de despreocupación. Se dio cuenta, entonces, de que era el primer día en que ella no lo miraba con ojos severos.

—Que te diviertas, Logan. Esta noche necesito un poco de paz.

Logan se dirigió al salón de baile, pidió una cerveza y observó bailar a los demás, sin muchos deseos de participar él también. Habría bailado con Tess, pero con ninguna otra persona. Como todavía no sentía ganas de irse a dormir, pidió otra cerveza y se arrellanó en su asiento a disfrutar de la música.

El alcohol, el volumen alto de la música y el humo se aunaron para enturbiar su pensamiento. Otras Nochebuenas le vinieron a la mente, momentos felices en que, con sus padres, envolvía regalos a último momento en su dormitorio o batía el ponche de huevo con su papá, mientras la mamá les pedía que no lo dejaran muy fuerte.

Se frotó la cara con ambas manos. Sus padres ahora eran fantasmas. Quedarse bebiendo en un bar, aunque fuera de un hermoso buque, no era manera de pasar la Nochebuena. Ya demasiadas veces lo había hecho, siempre sintiendo pena de sí mismo, castigándose por estar vivo, siendo que sus seres queridos no lo estaban. Pagó la cerveza y salió a la cubierta a tomar aire. Ya no se permitía regodearse en la autocompasión, pues le parecía insensata y destructiva.

Varias parejas paseaban por la cubierta de madera, pero lo que le llamó la atención fue ver a Tess parada contra la baranda, cerca de la proa. Tenía la mirada perdida en la negrura del mar, mientras el viento agitaba implacablemente su pelo. De sólo verla empezó a superar la pesadumbre de su corazón. Qué hermosa estaba...Descartando la posibilidad de que ella pudiera no querer su compañía, se le acercó calladito por detrás.

—Una belleza, ¿no?

Teresa contuvo de pronto el aliento, y se dio vuelta tan rápido que trastrabilló y fue a parar contra el pecho de su compañero. Logan la rodeó con sus brazos, y halló consuelo en el acto de sostenerla contra su cuerpo. Cuando ella levantó los ojos para mirarlo, el costado de su cara rozó contra la suya.

—Perdona. No era mi intención sobresaltarte.

Teresa tragó saliva y cerró sus grandes ojos, lo cual permitió que él la sintiera distenderse contra su pecho, y disfrutara la sensación. Bueno, ella ya había recuperado el equilibrio o sea que podía soltarla, pero como no era tonto, la apretó más aún.

—¿Estás bien?

—¿Por qué viniste solapadamente desde atrás? —preguntó Teresa, ahora con los ojos abiertos.

A modo de respuesta, rozó con su mejilla la cara femenina, apoyó el mentón en el bello hombro y le sintió en el pelo olor a fresas.

—No vine solapadamente. Lo que pasa es que estabas abstraída.

—Supongo que sí —aceptó ella con un suspiro. Intentó salirse de su abrazo pero se sintió estrechada con más fuerza, de modo que los cuerpos se tocaban enteros, desde los pies a la cabeza.

—¿Qué te pasa, Tess? ¿Qué hacías sola aquí afuera?

Si la hacía hablar, a lo mejor conseguía retenerla abrazada un ratito más. Teresa volvió a ponerse tiesa pero después, sorprendiéndolo, se recostó contra su pecho.

—Si te lo digo te vas a reír de mí.

—Prometo que no. —El suave pelo rozaba su cara como acariciándolo, y Logan comenzó a excitarse. Sin embargo, trató de no darle importancia y concentrarse más bien en lo que ella decía.

—Me siento triste.

La estrechó con más bríos. *Yo también, Tess,* quería decirle, pero no podía reconocerlo.

—¿Sí?

—Es Nochebuena, y si no hubiera venido aquí estaría con mi familia. Mi mamá seguramente habría metido un enorme pavo en el horno, y estaríamos comiendo primero tamales y papas fritas con salsa.

Papá habría puesto música de ranchera, pese a las quejas de mis hermanos, que prefieren el rock y el rap.

Logan pensó en Karen, que pasaría Navidad sola con los chicos. No quería pensar en eso porque se deprimía.

—Por lo que cuentas, lo pasan muy bien.

Teresa asintió, y su pelo volvió a hacerle cosquillas en la cara. Esa vez no pudo resistir la tentación de rozarle el cuello con la nariz.

—Suéltame, Logan.

—¿Por qué? —preguntó él en susurros, necesitando de tanta proximidad.

—Sabes por qué.

*¿Porque estoy sintiendo una tremenda erección?* Maldito cuerpo, se dijo. Ella desde luego tenía que estar percibiéndola también, pero cortésmente no lo decía.

—Disculpa. Supongo que también yo me siento triste.

Teresa reaccionó riéndose.

—Qué canalla. ¿Por qué eres tan falso?

No muy contento, la soltó y se quedó parado a su lado, contra la baranda.

—Lo que dije no es mentira. ¿Acaso crees que no echo de menos a mi hermana y los niños? Son la única familia que tengo.

—¿Y tus padres? —preguntó ella con expresión un tanto rara.

Logan contempló el agua que chocaba contra el casco del buque y la espuma que se creaba, visible aun en la oscuridad.

—Están muertos —respondió sin ganas de hablar sobre sí mismo, pero ella insistió.

—¿Los dos? Qué raro, siendo que eres joven.

Entrelazó las manos, con los brazos apoyados en la baranda.

—Murieron en un incendio. Se quemó la casa en que vivíamos. —Por culpa suya.

—Ay, qué terrible. ¿Tú y tu hermana no estaban también?

Se enderezó y al parecer lo hizo demasiado de improviso, porque dio la impresión de que ella volvía a sobresaltarse.

—No, felizmente no estábamos. —Le dirigió una sonrisa forzada, y le tomó la mano—. Cuéntame más de tu familia.

Teresa lo miró con ojos de comprensión, y al cabo de unos instantes le sonrió.

—Los quiero mucho. Haría cualquier cosa con tal de verlos felices.

Logan entrelazó sus dedos con los de ella.

Teresa miró las manos unidas y luego siguió hablando.

—Papá quiere que me case y le dé nietos como mi hermana. —Se rió como si fuera una idea imposible—. Pero los muchachos con quienes salgo nunca son suficientemente buenos para él, así que no sé con quién cree que me voy a casar.

Logan se le acercó un paso más, sin soltarle la mano.

—¿Sales muy a menudo?

—En realidad no, pero cuando salgo, papá les hace tantas maldades a los muchachos, que me extraña que no huyan despavoridos apenas lo conocen.

—Ahora ya sé de dónde sacaste el genio —bromeó Logan.

—Sí, me parezco más a él. Mi hermana es como mamá. Cocina...le gustan los niños...

—¿Tú no?

—¿Si cocino?

—Si te gustan los niños.

—Ah, claro que sí, pero eso es lo que siempre ambicionó Carla: casarse y tener hijos. Yo soñaba con tener mi propio auto, una casa, un buen empleo.

—Se ve que las dos consiguieron lo que querían. —Se dio vuelta y quedó apoyando la cadera contra la baranda así podía mirar mejor a Teresa. Esa noche la notó más femenina y vulnerable, y le dio la gana de protegerla. Ella también se dio vuelta un poquito.

—Bueno, Carla por lo menos, sí.

—¿Y a ti qué te falta, Tess?

—El auto, la casa y el empleo —respondió, sonriendo con sus labios generosos.

—Tienes un buen trabajo.

—Me imaginaba algo así como gerente de una de las empresas más grandes del país, o al menos presidenta de *mi propia* empresa. —Su sonrisa se hizo más amplia.

Tenía unos labios hermosísimos. Logan le devolvió la sonrisa, deseoso de volver a abrazarla y besarla.

—Bueno, aunque aún no eres gerente y billonaria, trabajas conmigo, lo cual es un beneficio, ¿no?

Teresa enarcó una ceja y le lanzó dardos con la mirada.

—No querrás que te conteste, ¿verdad?

Él dio un paso al frente y le pasó el brazo por la cintura.

—Sí, quiero. Quiero que reconozcas que no soy un monstruo, como me haces parecer.

A punto ya de protestar por tanta proximidad, Teresa lo miró a los ojos, y eso lo hizo sentir recorrido por ondas eléctricas en todo el cuerpo.

—Tal vez me haya apresurado a juzgarte en el plano personal. En lo profesional, creo que no me equivoco.

—Te propongo una cosa...

—¿Qué? —reaccionó ella, aprensiva.

—Olvidémonos por unos días del trabajo. Quiero conocerte más.

Se la notaba aún insegura.

—¿Qué tienes en mente?

—Esto. —Inclinó la cabeza y probó esos labios, que le resultaron tan pródigos y sedosos como parecían. La abrazó con más fuerza, saboreando ávidamente el beso. Le hizo separar los labios, introdujo allí la lengua y pudo así explorar la suavidad interior de la boca y la lengua que rozaba a tientas. Teresa también lo besó, no con tanta pasión como él habría querido, pero igual lo besó.

Cuando Logan levantó la cabeza vio sus ojos turbados, y eso le agradó.

—Fue hermoso —confesó ella en un susurro.

Ah, qué complacido se sentía.

—Pero decididamente no es una buena idea. —Apoyó ambas manos en sus hombros.

No, no era eso lo que quería oírle decir, sobre todo porque la tenía en sus brazos y sabía que estaba disfrutando tanto como él.

—Qué curioso —dijo con su voz más sensual, el tono con el que siempre lograba convencer a las mujeres que se proponía seducir—, a mí me parece la mejor idea que he tenido en mucho tiempo.

Ella no estaba muy convencida, pero tampoco hacía el intento de apartarse, lo cual le dio esperanzas.

—Somos compañeros de trabajo, competidores incluso, Logan.

—¿Y qué?

—¿Te parece sensato empezar una relación condenada a no prosperar?

—Me parece sensato que nos divirtamos un poco —respondió, acariciándola en la base de la espalda—. El trabajo es el trabajo; no tiene nada que ver con nosotros en cuanto a lo personal.

—Tiene mucho que ver.

Logan le apoyó los labios en el huequito donde se unía el cuello con el hombro, y allí la besó. Deseaba a esa mujer y estaba decidido a poseerla.

Ella se puso tensa y lo apartó haciendo presión sobre sus hombros.

—Logan, no hagas esto. —La voz, con un matiz ronco, lo excitó más.

—No pienses nada, querida. No tiene que ser complicado. Disfrutemos uno del otro, sin ataduras.

La presión sobre los hombros se convirtió en un verdadero empujón, por lo cual no le quedó más remedio que soltarla, al tiempo que levantaba la cabeza.

—Perdona —dijo, con una sonrisa.

Teresa se liberó de su abrazo, gesto que lo desilusionó.

—No puedo hacerlo, Logan. No podría tener... no podría tener una relación íntima contigo y que luego siguiéramos trabajando juntos.

—¿Por qué no? —reaccionó, riéndose.

—Porque tenemos una relación profesional y tiene que continuar así. No puedo mezclar las cosas.

—¿No te parece una tontería, Tess?

—Lo lamento, pero no.

Le tomó la mano.

—Estamos juntos haciendo un viaje exótico, sentimos una mutua atracción, podemos causarnos placer uno al otro, hacernos olvidar la tristeza. No tiene nada de malo, pero respeto tu decisión. Sin embargo, la oferta sigue en pie. Si decides pasarlo bien sin presiones, sin compromisos, dímelo. —Le dio un beso suave en esos labios muy rojos, y le guiñó el ojo.

En el momento en que giró en redondo y se marchó, Logan le notó una expresión de desconcierto. La dejó parada en el mismo sitio donde la había encontrado, deseoso de haber hablado en un tono más impersonal de lo que interiormente sentía. Cruzó los dedos esperando que ella aceptara la invitación, no sólo porque la deseaba, sino porque algo le decía que a Tess le vendría bien una relación sencilla, sin compromisos, y quería que la tuviera con él. Quizá fuera un planteo egoísta, pero el placer infinito que se creía capaz de brindarle sería algo que ella jamás habría de olvidar.

# Capítulo 4

Teresa cerró la puerta de su camarote y se quedó inmóvil unos instantes. El ritmo de los latidos de su corazón no daba señales de disminuir. ¿Qué había ocurrido esa noche? Se miró en el espejo grande del armario. Vio que estaba sonrojada, con el pelo despeinado por el viento y los labios muy rojos y gruesos. Lanzó un suspiro. *Qué aspecto tengo. Parezco provocadora.*

Dio unos pasos y se sentó en la cama. En el momento en que se sacó los zapatos, oyó que golpeaban la puerta. *Ay Dios mío, que no sea Logan.*

Cuando abrió una hendija, él introdujo por allí una mano en la que llevaba uno de esos típicos caramelos con forma de bastón. Teresa sonrió y abrió un poco más.

—¿Qué haces, Logan? ¿No te puedes dormir?

—Ya son más de las doce de la noche, o sea que oficialmente es Navidad.

Teresa se fijó en su reloj.

—Es verdad.

—¿Puedo entrar?

El corazón seguía latiéndole desde la última vez que lo había dejado acercarse. Hacerlo entrar en su camarote le parecía una mala idea.

Al notar su vacilación, él esbozó una ancha sonrisa.

—Vamos, Teresa, atrévete a enfrentar el peligro.

—No te tengo miedo.

—Entonces te tienes miedo a ti misma, ¿eh?

Sonrió y movió la cabeza de un lado a otro. Su compañero era sencillamente irresistible.

—Gracias por el caramelo. Muy amable.

—Tengo más. —Abrió la puerta del todo—. No es muy gentil que me dejes aquí afuera la mañana de Navidad.

No tuvo más remedio que hacerse a un lado porque si no, habría entrado igual, empujándola. Luego él sacó un estuche pequeño y se lo entregó.

—¿Qué es esto?

—Feliz Navidad. No quise esperar hasta mañana, sobre todo al verte tan triste esta noche.

—¿Me compraste algo? —No sabía qué decir—. ¿Después de todas las cosas horribles que te he estado diciendo?

—No me las decías en serio.

Teresa inclinó la cabeza y se quedó mirándolo. No lo podía creer. Evidentemente era perceptivo. En efecto, ella nunca había querido atacarlo ferozmente. En realidad, le irritaba la imagen que se había formado de Logan, no el hombre real. Hasta se había sentido celosa de sus éxitos, por la facilidad con que los obtenía. En ese momento, al verlo ahí parado esperando con una expresión infantil verla abrir el regalo, sintió cargo de conciencia por todos los pensamientos desagradables sobre él que había tenido.

—No sé qué decir. Qué simpático.

—Abre el estuche.

Lo miró un instante más y, sonriente, levantó la tapita forrada en terciopelo. Adentro había un magnífico par de aros de esmeraldas sobre un engarce de oro con forma de "S". Puso entonces cara de incredulidad.

—Logan...

—Me pareció que el verde te iba a sentar bien en

Navidad. ¿Te gustan? —Sus ojos brillaban tanto como las esmeraldas.

—Son preciosos. ¿Dónde los...?

—En la boutique, dos cubiertas más abajo. Me alegro de que te gusten. Feliz Navidad.

Teresa se mordió el labio e hizo un gesto de negación.

—Es demasiado —dijo—. Sinceramente no los puedo aceptar.

Sonriendo, él se adelantó, tomó el estuche y lo acercó a la cara femenina.

—Pero te van a quedar espléndidos; acéptalos —dijo. Luego depositó el estuche sobre el escritorio y la abrazó por la cintura.

—Bueno, gracias. Me los pondré mañana a la noche.

Logan no se movió, pero sus labios se iban aproximando. Su aliento tibio despertaba en ella sensaciones desconocidas.

Sabía que él esperaba el beso que ambos anhelaban, pero también sabía que ninguno de los dos se contentaría con un beso, sobre todo porque ambos ansiaban las caricias y la calidez de una pareja.

—Esta noche podría ser con cualquier persona, Logan —susurró, confesando la verdad de sus sentimientos—. Lo que sentimos no es real.

Notó en su rostro que él la rozaba con el suyo, del mismo modo que el gato de Carla solía restregarse contra su pierna. La barba apenas crecida fue una caricia contra la piel sensible de su mejilla. Los labios masculinos se deslizaron sobre el costado de su cuello, haciéndole experimentar oleadas de sensaciones. Estremecida, lo rodeó con sus brazos por el cuello, y sus dedos ascendieron hasta hundirse entre los mechones de sedoso pelo castaño. Cerró los ojos y apretó su cuerpo contra el de él.

—Pero sucede que no es con cualquier persona —

dijo Logan con voz enronquecida—. Somos tú y yo, y los dos queremos esto, nos lo merecemos.

Quiso preguntarle cómo llegaba a esa conclusión, pero Logan siguió dándole besos en el cuello y subiendo por el mentón hasta encontrar sus labios. Después, como un hombre acuciado por la sed, lanzó un gemido y le tapó la boca con sus labios, anulando implacablemente todo pensamiento racional que ella aún tuviera.

Sintió que él le introducía la lengua entre los labios y encontraba la suya. Lo aferró entonces de la nuca y permitió que la sumiera en un torbellino sensorial. Le sintió olor a cítricos, a ron, a deseo apasionado. Quería tenerlo entero. Sintió su dureza como un hierro, apretado contra su vientre. Si ella se lo permitía, penetraría y repetiría en su interior, con gran avidez, la misma búsqueda ansiosa que antes había hecho con la lengua entre sus labios.

Teresa interrumpió bruscamente el beso. Jadeante, se alejó un paso, pero no había adónde ir en el minúsculo camarote. Chocó contra la cama, se le doblaron las rodillas y cayó hacia atrás.

También Logan respiró hondo y estiró los brazos con las palmas hacia adelante, como dándole a entender que no pensaba invadirle su espacio.

—No me mires así —consiguió articular.

Teresa bajó los ojos. ¿Qué veía él en ellos? ¿Miedo, deseo o algo de ambas emociones?

—Será mejor que te vayas, Logan, antes de que cometa una ridiculez.

—¿Qué me quieres decir? ¿El típico argumento de "no sentiría respeto por ti mañana por la mañana"? ¿No te parece un poquito anticuado?

Se quedó mirándolo. Sí, era precisamente eso: anticuada.

—No me estás respetando ahora, Logan. A quien

tengo que ser capaz de enfrentar mañana es a mí misma. Toma tu regalo de soborno y márchate.

—¿Qué? —reaccionó con expresión de enojo—. Te compré los aros porque me dieron ganas de regalártelos. Y si para ti querer tirarte sobre esa cama y hacerte el amor hasta el día siguiente es "faltarte al respeto", tienes razón, no te respeto.

Salió intempestivamente del camarote, y Teresa sintió unas lágrimas amargas que pugnaban por asomar en sus ojos.


Durante los dos días siguientes eludió a Logan, pues pensaba que necesitaban tomar un poco de distancia. Disgustada, comprobó que él adoptaba la misma actitud. Sin embargo, no fue tan fácil como suponía poner la deseada distancia en un barco. Cuando se tendía a tomar el sol, él terminaba nadando en la piscina, flirteando descaradamente con cualquier mujer, joven o vieja, que anduviera cerca. Si iba a leer a la biblioteca, él se las arreglaba para cruzar muy sonriente por ahí, acompañado de alguna muchacha. Podía ser cierto que quisiera acostarse con ella, pensó, pero era evidente que eso no le quitaba el sueño. Más aún, no se lo veía agobiado, como se sentía ella, con los recuerdos de la otra noche. Tampoco se notaba que hubiera abandonado su descarada búsqueda de placer. Como de costumbre, parecía haberse hecho amigo de cuanta persona viajaba a bordo.

La única vez en que lo vio intencionalmente fue durante la cena, porque fueron ubicados en la misma mesa. Desde luego, ella podría haber preferido una cena fría en otra cubierta en vez de ir al comedor, pero le agradaba la elegancia y no quería privarse por culpa de él de disfrutar del distinguido entorno. Salvo un breve elogio que le hizo Logan por lo linda que estaba, y la cortesía de pasarle el pan, la mantequilla y la sal, no le prestó la menor atención.

En la lenta ruta hacia el sur, hicieron dos escalas más en localidades de la costa argentina. El tiempo se había vuelto más frío y ventoso. La humedad pegajosa de Buenos Aires fue desapareciendo a medida que se alejaban de la zona cálida y pasaban al gélido clima antártico. Los días también comenzaron a alargarse. Oscurecía a las ocho, luego a las nueve y por último a las diez de la noche.

Fue un alivio para Teresa cuando el barco se aproximó a San Julián. Cuanto antes llegaran, más pronto podrían arreglar los asuntos comerciales y volverse a su país. Así podría librarse de Logan.

Preparó su maleta, su portafolio y un pequeño maletín. De todos modos, después de desembarcar todavía les quedaba un viaje de dos horas por tierra hasta la estancia. Pero cuanto más se acercaban al puerto, más evidente se hizo que no podrían atracar. Oscuras nubes tormentosas se cernían sobre la bahía, y una lluvia helada azotaba el barco que, a causa de las inmensas olas, se bamboleaba a uno y otro lado como si fuera un trozo de madera flotando a la deriva. Echaron ancla frente al puerto, y el capitán anunció que esperarían hasta que amainara el temporal. Si trataban de amarrar, se corría el riesgo de producir graves daños en el buque y en el muelle por la intensidad de los golpes que, debido a las olas, se darían uno contra el otro.

Teresa se dirigió a la cubierta techada y se puso a observar las deplorables condiciones climáticas. Por el aspecto que tenía el pequeño muelle, se alegraba de que el capitán hubiera decidido no aproximarse. Por cierto daba la impresión de que el más mínimo golpe podía destruirlo.

—Malo el panorama, ¿no?

Miró por sobre el hombro y reparó en la presencia de Logan, que estaba allí con los brazos cruzados.

—¿Qué vamos a hacer si no mejora? —preguntó ella, volviendo a contemplar la tormenta.

—Supongo que esperar hasta que termine.

Cruzó ella también los brazos y lanzó un suspiro. Una profunda depresión se asentó en su corazón. Creía que esa espera inútil acabaría pronto. Un crucero de placer, si uno estaba solo, no tenía mucha gracia.

Sin dejar de observar el violento mar, Logan se le acercó.

—Esta parte de Argentina adonde vamos, Teresa, es muy peligrosa.

—Eso parece. —No dejó de reparar en que la había llamado por su verdadero nombre.

—Cuando nos vayamos de aquí, yo te guío. Sígueme de cerca y ten mucho cuidado.

Teresa levantó sus ojos y enfrentó su seria expresión.

—No vamos a la guerra —dijo.

—Quién sabe con qué nos podemos encontrar. Yo no sé qué tipo de alojamiento tendremos. Podría ser una bella estancia o una simple choza con cuatro paredes y un techo.

—Estás tratando de asustarme.

Logan le acarició el brazo.

—No hay nada que temer, Tess. Lo único que quiero es que tengamos cuidado hasta saber dónde pisamos, nada más.

Asintió, sensibilizada por esos dedos sobre su brazo. Él seguramente había pasado mucho tiempo al sol, pues estaba muy bronceado.

—¿Tienes listo tu equipaje, Tess?

—Sí. Pensé que ya nos íbamos.

—Nunca te pusiste los aros.

Los ojos femeninos volvieron a posarse en su rostro,

pero él miró hacia otro lado. Parecía ofendido, lo cual la hizo sentir culpable. Después de todo, le había hecho un regalo, y nada barato. Se tragó entonces su propia desilusión.

—Disculpa. ¿No quieres devolverlos? Todavía estás a tiempo.

—Te propongo una cosa. —La miró con renovada vivacidad y empecinamiento—. Todavía tenemos tiempo que matar. Juguemos a la veintiuna. Si gano yo, esta noche te pones los aros. Si ganas tú, los devuelvo.

Teresa no estaba de ánimo para jugar a los naipes, pero la posibilidad de pasar la tarde con Logan, en vez de quedarse sola, le pareció tentadora.

—Bueno, pero yo anoto.

La tomó de la mano y la condujo al salón de juegos. Había allí juegos de tableros, dominós y mazos de barajas. Logan tomó uno y señaló la mesita más cercana.

—Voy a buscar una cerveza. ¿Te traigo una?

—Bueno —aceptó, encogiéndose de hombros.

Mezcló las cartas y miró hacia afuera, mientras se preguntaba cuánto tiempo demoraría la tormenta en disiparse.

—De acuerdo, das tú, Tess. —Dejó los vasos sobre la mesa, y para sentarse pasó la pierna sobre el respaldo de la silla. Su postura y rígidas expresiones faciales daban a entender que estaba dispuesto a jugar en serio.

Teresa repartió.

—Dame otra —pidió él.

Se la dio.

—Maldición. —Logan puso con brusquedad sus tres cartas sobre la mesa. Había sobrepasado los veintiuno. Ella ganó la mano y anotó los tantos.

Logan bebió un largo sorbo de cerveza y recibió la segunda mano. Una vez más se puso muy ansioso y se excedió de los veintiuno. Bebió un trago más y la miró con aire de desagrado. Teresa tomó su vaso y bebió un sorbo, tras lo cual apuntó otra vez los tantos en el anotador.

Al comenzar la tercera vuelta, él se quedó con las dos cartas recibidas, pero terminó perdiendo 17 a 20. Apuró los últimos tragos de cerveza y apoyó con fuerza el vaso vacío.

Teresa trató de contener una risita de satisfacción, pero no pudo.

—¿Quieres que te dé de la mía?

—Reparte las cartas, nada más.

Durante una hora jugaron en silencio, y ganaron varias manos cada uno. Encararon el juego con actitud implacable, y constantemente se hacían servir más cerveza.

—Eres increíble, ¿sabes? Por primera vez he tenido que pelear para que una mujer me acepte un obsequio.

Lo miró por encima de los naipes.

—Tuve la sensación de que querías comprarme para poder meterte en mi cama.

Logan frunció el entrecejo.

—Lo siento, pero estabas equivocada. —Le señaló las cartas que tenía en la mano—. ¿Te doy otra o pasas? —Estaba repartiendo él.

—Dame otra. —Contó sus puntos y notó que se había excedido, por lo cual le devolvió las cartas.

En lugar de recibirlas, Logan le tomó la mano y le apretó los dedos.

—Yo no compro a las mujeres. No me hace falta.

Teresa le mantuvo la mirada. No, claro, seguramente no le hacía falta. Tenía una rara clase de atractivo sexual que no se advertía en el primer momento, pero que luego resultaba irresistible.

—¿Puedo recuperar mi mano, por favor?

—Enseguida. —Con el pulgar fue acariciándosela dulcemente, mirándola todo el tiempo a los ojos.

Teresa bajó la vista al sentir que un rubor interior le subía desde la mano hasta el cuello y la cara.

—Cuando estás conmigo te pones muy nerviosa. ¿Por qué?

Teresa soltó su mano.

—No seas ridículo. ¿Repartes o no?

Logan puso los codos sobre la mesa y apoyó el mentón sobre sus manos.

—Perdóname por lo de las otras noches. No pensaba hacerte avances tan directos, pero me pareció... bueno, tú sabes.

No quería oírlo hablar del tema. ¿Por qué era tan directo para enfrentar todas las cosas? Bebió un sorbo grande de cerveza.

—No, no sé.

—Creí que te estabas haciendo la difícil, y me dio la impresión de que estabas excitada.

Apuró su cerveza.

—Sí, efectivamente. —Hizo señas de que le sirvieran otra copa—. Lo que pasa es que no estaba dispuesta a acostarme contigo. ¿Entendido? Bueno, a ver si das.

Jugaron unas manos más. Logan no volvió a sacar el tema sino que jugó en silencio, lanzándole de vez en cuando unas sonrisitas extrañas.

—¿Qué pasa? —preguntó ella, pero recibió por respuesta un gesto displicente—. ¿Por qué sonríes?

—Porque me gustas, Tess.

Como no supo qué decir, se concentró en las cartas. Él hizo lo mismo, sin dar muestras de que esperara una contestación.

Se habían sentado a jugar al mediodía, y a las ocho de la noche Teresa estaba medio embotada, sumando los totales. Habían tomado tantos vasos de cerveza que ya ni llevaba la cuenta. Conversaron sobre mil temas, ya fuera sobre los hijos de Karen, pasando por la música y hasta la política. Así fue como se dio cuenta de que tenían muchas cosas en común, y lamentó que no se hubieran hecho amigos años atrás.

—¿Y bien? ¿Quién ganó? —preguntó Logan con voz ronca y los ojos enrojecidos.

—Maldición —respondió, al tiempo que ponía el anotador boca abajo para que no se vieran los números—. Una mano más.

—No; ya es la hora de la cena. ¿Quién ganó?

—Logan, puedes devolver los aros con independencia de quién haya ganado...

—O sea que gané yo. —Sus labios se arquearon en una sonrisita de satisfacción.

—No por mucho.

—Ve arriba a cambiarte. Quiero vértelos resaltar contra ese cuello hermoso que tienes.

—Bueno. —Lanzó un suspiro—. Nos encontramos en el comedor.

Ella regresó a su camarote y buscó su vestido preferido, uno negro con la espalda descubierta. Los aros de esmeraldas eran muy bellos, y se alegró de poder usarlos. También la había dejado muy contenta el día que pasó con Logan. A lo mejor había sido muy impulsiva en rechazar su propuesta sin pensarlo siquiera. Tal vez él tenía razón. Estaban juntos, en un buque de lujo. Se sentían atraídos el uno al otro, y ninguno de los dos tenía ataduras sentimentales. ¿Hacer el amor con él sería tan desatinado? Y si lo fuera, ¿no era hora ya de que se atreviera a cometer una locura?

Logan sonrió al verla llegar a la mesa con los aros puestos.

—Te quedan muy lindos. ¡Yo sabía!

Estaba tan espléndido, y se lo notaba tan orgulloso

que Teresa no pudo sino apoyarse en él, y al hacerlo, uno de sus pechos se apretó contra su brazo. Le dio un leve beso en la boca.

—Gracias por el regalo tan precioso —susurró contra sus labios.

La sonrisa se borró de los labios masculinos, y sus ojos se ensombrecieron. Sin decir una palabra, Logan le retiró la silla.

Pero ella no se sentó.

—Tengo que hacerte una confesión —dijo.

—¿Qué?

—Te mentí con el resultado de los naipes. No ganaste. Gané yo, pero quise quedarme con los aros.

Logan reaccionó con una risa.

—Ya sé, porque espié el anotador. Juegas muy bien.

—Gracias.

—Todo lo haces muy bien, ¿sabías?

Teresa le rozó el mentón con un dedo.

—Por favor, dímelo por escrito.

—Jamás. —Le hizo una caricia en la espalda, alentándola a sentarse—. Me alegro de que hayas decidido quedarte con los aros.

—Yo también. —Se sentó, consciente de que había bebido por demás y que su conducta era deliberadamente provocativa, pero no podía contenerse—. ¿Tomamos vino?

—Sí, por supuesto —aceptó Logan, y pidió una botella de cabernet chileno.

El camarero sirvió las copas; ella de inmediato tomó la suya, bebió un sorbo y le sonrió a su compañero. Cuando la miraba con esa expresión suya tan sensual, se sentía motivada a dejarse llevar por la pasión que él le ofrecía, a aceptar todo lo que le proponía y lo que era Logan Wilde.

—¿Rico?

Teresa se pasó la lengua por los labios.

—Delicioso.

Logan reconocía todos los indicios. Ésa sería la noche. Teresa estaba lista para aceptarlo, no lo rechazaría, pero él no estaba tan borracho como para no darse cuenta del porqué. Se acostaría con él porque se sentía sola, pero a la mañana siguiente lo odiaría y se odiaría a sí misma también.

—Dame un beso, Tess.

Teresa le apoyó una mano en la rodilla, acercó sus labios y le dio un beso tan erótico que casi lo hizo caer de su asiento. Logan interrumpió el beso y le guiñó un ojo, tratando de contenerse y no reaccionar según el apasionamiento que iba creciendo en distintas partes de su cuerpo. No se equivocaba: Teresa jamás lo habría besado de esa manera si no hubiera estado bebiendo el día entero.

—Podemos omitir la cena esta noche, Logan.

Todavía no habían llegado sus compañeros de mesa. Por mucho que él deseara tenerla, y aunque sabía que Teresa lo disfrutaría, no podía acompañarla esa noche a su camarote, sobre todo porque ella a propósito se había embriagado de tal manera que casi ni podía caminar. Cuando estaban terminando las partidas de naipes, apuraba los vasos de cerveza más rápido que él, y ya había acabado también el vino.

—Mejor comamos algo.

—¿Estás seguro?

Logan se inclinó y le dio un beso suave.

—Segurísimo.

Durante la cena soslayó el hecho de que el camarero había llenado varias veces más la copa de Teresa, pero sabía que algo estaba sucediendo. Flirteó tanto como ella, lo pasó bien, pero no bebió más. Al concluir la cena, salieron juntos del comedor.

—¿Estás en condiciones de volver sola a tu cuarto? —le preguntó.

Teresa le obsequió una sonrisa insinuante y lo tomó de la mano.

—No quiero ni intentarlo.

La rodeó por la cintura y le dio pequeños mordiscos en el cuello. Estaban parados en el vestíbulo del comedor, comportándose de manera totalmente inadecuada, pero no le importaba, y ella no se daba cuenta de lo que hacía.

—Tess, estás muy sexy esta noche —dijo, y ella lo abrazó a la altura de los hombros.

—¿Quieres decir que todavía me deseas?

—Claro que sí, y lo sabes.

—Llévame a mi camarote, Logan.

De acuerdo, la llevaría, pero después se iba a marchar. No tendrían relaciones sexuales. No se aprovecharía del estado en que ella se hallaba.

Pero cuando abrieron la puerta del cuarto, ella lo tironeó para hacerlo entrar, y comenzó a besarlo con una intensidad que él sólo le había visto en sus fantasías. Fue haciéndola caminar hacia atrás hasta tenderla en la cama. Se acostó a su lado, pero sólo por un instante, pues no pensaba quedarse.

Los dedos femeninos recorrieron su pecho desprendiendo botones con la facilidad con que lo hace una mujer con una misión. Y la misión, el objetivo de Teresa era él. ¡Qué excitado se sentía! Cuando los dedos llegaron a sus pantalones, le hizo levantar las manos.

—¿Qué prisa tienes? Si estás totalmente vestida...

—Eso es porque todavía no me sacaste la ropa.

Logan cerró los ojos y tragó saliva. Tenía que juntar fuerzas.

—No voy a hacerlo, Tess. —Sus palabras sonaron forzadas, pero al menos pudo pronunciarlas.

—¿Quieres mirar mientras me la quito yo misma?

La erección fue en aumento. La deseaba con tantas fuerzas, que sentía un dolor físico, ganas de gritarle: "¡Sí, sácate todo!" Pero no correspondía, se decía una y otra vez.

—Bebiste demasiado, querida.

—Estoy un poco mareada, pero sé lo que hago.

—¿Sí?

—Sí. Ahora suéltame las manos así puedo desabrocharte.

—Caray. —La soltó, pero al mismo tiempo se levantó de la cama—. No soporto más. Tengo que irme. —Se abotonó presuroso la camisa.

Ella se incorporó.

—¿Qué te pasa, Logan?

—¿Acaso no sabes lo que deseo hacerte? —Estaba despeinada, sensual, muy dispuesta.

—Claro que lo sé, y estoy de acuerdo. Quiero que lo hagas.

—No, no quieres. —La miró con desconfianza.

—¿Que yo no quiero?

—Estás ebria, Tess.

Ella bajó la cabeza como con vergüenza.

—Pero aunque no estuviera ebria lo querría igual —dijo, sin mirarlo.

—Fantástico. Cuando estés sobria, ven a verme. Sabes dónde queda mi cuarto.

—No te vayas, Logan, por favor —pidió, con ojos llorosos—. El alcohol me da coraje, sí, pero sé lo que quiero. Dijiste que podíamos hacer esto sin ataduras, sin compromisos, para pasarlo bien, nada más. Eso es lo que quiero.

—¿Y qué pasa mañana cuando te des cuenta de lo que hiciste y te den ganas de matarme?

—Eso no va a pasar, te lo prometo. —Se levantó y se le acercó.

En efecto, daba la impresión de saber lo que quería, pero era imposible, si apenas se podía tener en pie. Le puso un dedo bajo el mentón para obligarla a levantar la cara, y con el pulgar recorrió sus labios rojos y sensuales.

—¿Por qué esta noche, Tess, si hace unos días me echaste de tu lado?

Al ver que ella le dirigía una mirada larga y penetrante se preguntó si le iría a responder.

—Cambié de parecer. Quiero que esta noche me abraces fuerte, sentir tus labios sobre los míos, sobre mis pechos. Quiero que tus manos me toquen entera, saber lo que se siente con tu cuerpo apretado al mío mientras te mueves en mi interior. Nunca... nunca lo he vivido.

Logan quedó azorado.

—¿Quieres decir que nunca lo viviste conmigo?

Teresa apoyó una mano sobre la suya y la retiró de su rostro.

—Quiero decir que nunca.

Respiró hondo y dio un paso atrás, recuperando su mano.

—Ay, Dios mío. ¿Tratas de decirme que eres virgen?

—Sí, pero...

—¡Sí! ¿Eres virgen? —Se pasó la mano por el pelo, tratando de pensar con lucidez. Eso no era lo que él andaba buscando, en absoluto. La última vez que se había acostado con una chica virgen había sido a los dieciocho años. La observó detenidamente y creyó notarla amargada, confundida. Lanzó un suspiro. Ahora no podía marcharse así no más.

Le pasó un brazo por la cintura y la atrajo contra sí.

—Escucha, Tess, no sé qué cosas pasan en este instante por tu mente, pero creo que la primera vez debe ser un acontecimiento especial. No tendría que darse cuando estás borracha, con una persona como yo.

# 4

## Novelas de Encanto absolutamente GRATIS

(con un valor de $15.96) –SIN obligación alguna de comprar más libros– ¡SIN compromiso alguno!

## Descubra las Novelas de Encanto escritas por latinas... especialmente para latinas.

Cortejo cálido

VICTORIA MARQUEZ

Serenata
SYLVIA MENDOZA

CONSUELO VAZQUEZ

En cada novela, encontrará una heroína latina que sobrelleva todo tipo de dificultades para encontrar el amor verdadero... y hombres fuertes, viriles y apasionados, que no permiten que ningún obstáculo se interponga entre ellos y sus amadas.

# Ahora, disfrute de 4 *Novelas de Encanto* ¡absolutamente GRATIS!...

...como una introducción al Club de Encanto.
No hay compromiso alguno. No hay obligación alguna de comprar nada más. Solamente le pedimos que nos pague $1.50 para ayudar a cubrir los costos de manejo y envío postal.

# Luego... ¡Ahorre el 20% del precio de portada!

Las socias del Club de Encanto ahorrán el 20% del precio de portada de $3.99. Cada dos meses, recibirá en su domicilio 4 *Novelas de Encanto* nuevas, tan pronto estén disponibles. Pagará solamente $12.75 por 4 novelas –¡un ahorro de 20%– (más una pequeña cantidad para cubrir los costos de manejo y envío).

## ¡Sin riesgo!

Como socia preferida del club, tendrá 10 días de inspección GRATUITA de las novelas. Si no queda completamente satisfecha con algún envío, lo podrá devolver durante los 10 días de haberlo recibido y nosotros lo acreditaremos a su cuenta...
SIN problemas ni preguntas al respecto.

## ¡Sin compromiso!

Podrá cancelar la suscripción en cualquier momento sin perjuicio alguno. NO hay ninguna cantidad mínima de libros a comprar.

¡Su satisfacción está completamente garantizada!

nvíe HOY MISMO
ste Certificado para reclamar las
Novelas de Encanto –¡GRATIS!

Por Favor visítenos en el Internet www.encantoromance.com

**¡SÍ!** Por favor envíenme las **4** *Novelas de Encanto* **GRATUITAS** (solamente pagaré $1.50 para ayudar a cubrir los costos de manejo y envío). Estoy de acuerdo de que –a menos que me comunique con ustedes después de recibir mi envío gratuito– recibiré **4** *Novelas de Encanto* nuevas cada dos meses. Como socia preferida, pagaré tan sólo $12.75 (más $1.50 por manejo y envío) por cada envío de 4 novelas — un ahorro de 20% sobre el precio de portada. Entiendo que podré devolver cualquier envío dentro de los 10 días de haberlo recibido (y ustedes acreditarán el precio de venta), y que podré cancelar la suscripción en cualquier momento.

☐ Pago adjunto (a la orden de Club de Encanto)  ☐ Por favor factúrenme

Nombre _____

Dirección _____ Apt. _____

Ciudad _____ Estado _____ Código postal _____

Teléfono ( ____ ) _____

EN100A

Todos los pedidos son sujetos a la aceptación de Zebra Home Subscription Service

Envíe HOY MISMO
este Certificado para reclamar las
4 Novelas de Encanto –¡GRATIS!

**Club de ENCANTO Romances**
Zebra Home Subscription Service, Inc.
P.O. Box 5214
Clifton, NJ 07015-5214

—Entonces, haz que sea algo especial.

*Ay, Dios.* Inclinó la cabeza y apoyó la frente sobre la coronilla de Teresa. Le acarició la espalda, experimentando una rara ternura que jamás había sentido por mujer alguna.

—Hagamos así: si mañana por la mañana sigues pensando lo mismo, vemos.

Ella levantó sus ojos para mirarlo, inclinó la cara y se estiró para besarlo, pero no logró que él le respondiera.

—Tess, te deseo con toda el alma y me gustas mucho, pero esta noche no va a ser, ¿de acuerdo?

—Pero, Logan...

—Lo digo en serio, Tess.

Teresa bajó la vista, y luego se soltó del abrazo con un tambaleo.

—¿Puedes irte ahora?

Logan metió las manos en los bolsillos para no ceder a la tentación de volver a tocarla.

—Sí. —Caminó de espaldas, observando la imagen desolada de la joven en la cama—. ¿Te quedas bien?

Asintió, pero sin mirarlo.

—Por la mañana me lo vas a agradecer.

Volvió a asentir.

—Vete, por favor.

Logan dio media vuelta y se fue maldiciendo una y mil veces por lo bajo. ¿Por qué no se lo había dicho desde el primer momento? Entonces no se habría molestado en excitarse con ella. Después, casi rió en voz alta. *Reconócelo, nunca pudiste dominar los sentimientos que ella te inspiraba.*

# Capítulo 5

¿Con qué cara se mira a un hombre a quien uno se le ha ofrecido como un pedazo de carne y él la rechazó? Sentada con aire desdichado en el bar Lido del barco, Teresa bebía litros de café. La noche anterior, después de que él se marchara, pudo dormir apenas dos horas, y al despertarse, la cabeza le dolía como si tuviera un bombo adentro marcando con sus golpes el ritmo de su corazón.

¿Quién fue que le dijo que ser virgen era algo valioso? Al enterarse, Logan huyó despavorido como si ella apestara. Ser virgen a los veintiocho años era una rareza; al menos eso era lo que le hacían sentir los hombres. No tendría que habérselo contado.

—Ah, aquí estás. Te esperé a la hora del desayuno.

Levantó la cabeza con esfuerzo y miró a Logan, que en ese instante se sentaba a la mesa. ¿Por qué gritaba?

—No tenía ganas de comer.

—¿Te sientes bien?

—Shh, no hables tan fuerte.

Él se rió.

—Ya amarramos. ¿Lista para desembarcar?

Asintió, apretándose ambas sienes con los dedos. Tenía la sensación de que, si no lo hacía, se le partirían en pedazos.

—En realidad, deberías comer. Te traigo una tostada o alguna otra cosa.

Antes de que pudiera contestar que no, ya se había marchado. Volvió luego con un pan untado en queso de crema. Le pareció repugnante, pero así y todo lo tomó y probó unos bocados.

Logan la miraba con tal intensidad que comenzó a sentirse cohibida.

—¿Por qué no te vas a hacer algo?

—No tengo nada que hacer.

—Deja de mirarme.

—Es que eres preciosa...

—No sigas, porque nada de lo que digas me hará sentir mejor. Ni lo intentes.

Logan sonrió.

—Suponía que me ibas a hacer sentir *a mí* mejor. Dime que no fui un tonto por haberme marchado anoche.

—Fuiste un perfecto caballero. Felicitaciones.

—Gracias —dijo él, con una risa.

Teresa le dirigió la mirada más seria que pudo.

—No tendrías que haberte ido. Yo sabía lo que hacía.

Logan plantó los antebrazos sobre la mesa y se inclinó hacia adelante.

—Mire, señorita, usted anoche no quería hacer el amor conmigo, porque si no, no habría intentado embotarse primero con litros de alcohol.

—No...

—Tonterías.

—Bueno, puede ser. Lo que pasa es que estaba un tanto nerviosa.

—Tess, eres una mujer inteligente. Averigua qué es lo que quieres y trata de conseguirlo, pero estando sobria, consciente. Te espero abajo.

\* \* \*

Le dio la mano para bajar por la plancha. Teresa insistió en llevar ella misma su equipaje, pero él al menos quería tenerla aferrada.

—Allí hay una camioneta, Tess. ¿Será la que nos viene a buscar?

—Voy y pregunto.

Le entregó su maleta y dio la vuelta alrededor de donde estaban los otros turistas, contemplando el pequeño puerto de San Julián. La mayoría de las personas iban a tomar un ómnibus y hacer un trayecto de tres horas para ir a ver el Perito Moreno, el mayor glaciar avanzando del mundo. El puerto se utilizaba principalmente para el transporte de la lana o la producción pesquera. Hacía tanto frío que uno casi podía ver su propio aliento. Logan no quiso perder de vista a Teresa, y la siguió de cerca.

Teresa le habló en castellano a un muchacho con cara de aburrido que estaba apoyado contra su camioneta Ford 1955 color verde oliva. Y él, en vez de mirarla de frente cuando le hablaban, le miró el cuerpo de arriba abajo con petulancia, típica táctica masculina pensada para intimidar.

La indignación de Logan extrañamente creció en el acto. Estaba a punto de adelantarse y decirle a ese cerdo que retirara de Teresa sus ojos, sus pensamientos y todo lo demás, pero vio que ella retomaba la palabra. Esta vez, sin embargo, habló en un tono alto, duro, y el hombre se vio forzado a erguirse. Abrió la boca como para decir algo, pero Teresa continuó con su perorata, de modo que asintió, echó un vistazo a Logan y se sentó al volante. Teresa miró por sobre el hombro a su compañero y dijo:

—Sí, es la nuestra.

—¿Qué pasa? —preguntó Logan, observando al otro hombre.

—Nada.

Logan abrió la puerta, y cuando vio que ella hacía ademán de subir, decidió no dejarla sentar al lado de ese tipo.

—Subo yo primero —dijo entonces.

Ella no se opuso, y le permitió ubicarse en el medio. El hombre no pronunció ni una palabra en todo el trayecto de dos horas por el camino de grava. Teresa bebió mucha agua mineral y tomó varios calmantes para el dolor de cabeza.

La zona era fría y desértica, cubierta por arbustos achaparrados que se inclinaban movidos por un viento incesante. Como había llovido, no había polvo, pero era obvio que en condiciones normales ese viento levantaría mucha tierra.

En un momento dado doblaron a la izquierda, tomaron por un camino menos importante y de pronto apareció la estancia El Gaucho. Miles de ovejas pastaban en su extensión. La estancia no parecía tan deplorable como suponía Logan. El vehículo se detuvo frente a una casa amplia de color blanco, con grandes ventanales.

—Vamos —dijo el conductor.

—Sí, vamos, Logan. Nos va a acompañar adentro.

—¿Y las maletas?

—They will be taken into you —afirmó el hombre, en un inglés mal pronunciado.

Logan y Teresa intercambiaron una miradita y se encogieron de hombros.

—Bienvenidos, bienvenidos —saludó un señor delgado, de bigote y pelo canoso, que se adelantó a darles la mano. Le sonrió a Teresa y le dio un beso en cada mejilla.

Logan se puso tenso.

—Soy Manuel Pennetti. Han llegado en pleno temporal.

—Sí —repuso Logan.

—Sé que están cansados. Bueno —dijo y golpeó las manos—, ya tengo listas sus habitaciones.

Les asignaron cuartos contiguos, y Logan advirtió que su compañera lo miraba brevemente, sin duda rememorando el episodio de la noche anterior. Le hacía gracia verla cohibida, pero a decir verdad, dormir tan cerca de ella sería difícil. El hecho de saber que no podía poseerla no quería decir que ya no la deseara. No tenía derecho a esperar que ella lo recibiera en su cama, pero ahora que la sabía interesada, esperaba que ello pudiera concretarse. Aunque sabía que era algo incorrecto, que por ser su primera vez ella podía atribuirle una significación especial a la unión, así y todo la deseaba. Pero ahora estaban oficialmente trabajando juntos, y debía concentrarse en el tema que los había llevado hasta allí.

—Esta noche, cuando hayan descansado, les presento a mi familia.

—Gracias. Muy amable de su parte —respondió Teresa.

—¿Cenarán conmigo dentro de cuatro horas? —dijo el anfitrión, entonando la oración como si fuera una pregunta, cuando en realidad había querido darles simplemente una directiva.

Alguien les alcanzó las maletas, tras lo cual quedaron solos para instalarse en sus cuartos. En el pasillo en penumbras, Logan advirtió cómo ella vacilaba antes de alzar la maleta y enfilar hacia su dormitorio.

—¿Te ayudo con algo?

Los ojos femeninos le dirigieron una mirada casi tímida.

—No, gracias, estoy bien. Supongo que después de cenar podemos repasar nuestro plan para mañana.

Logan sintió deseos de tocarla, de besarla como lo había hecho el día anterior. ¿Qué le pasaba? ¿A qué se debía esa necesidad de abrazarla y transmitirle, a ella y a sí mismo, que todo estaba bien entre los dos?

—Buena idea, Tess, pero no les demuestres estar muy ansiosa, ¿de acuerdo? Quiero que nos lleven a recorrer el establecimiento. Tenemos que conocer el producto, ver cómo trabajan. Son ellos los que necesitan vender, y no al revés. No nos conviene mostrarnos muy interesados.

Ella enarcó una ceja.

—¿Ése es tu plan? —preguntó, y vio que él se encogía de hombros.

—Es una estrategia que da buenos resultados. Si se hacen a la idea de que ellos tienen más interés en nosotros que nosotros en ellos, quedamos en mejor posición para negociar.

Lo miró con una expresión pensativa.

—De acuerdo. Que pongan ellos de su parte.


Seguía estando cansada aun después de dormir tres horas, pero su cuerpo agradecía poder estar de nuevo sobre tierra firme, y ya no le dolía más la cabeza. Se dio una ducha larga y caliente. Sintió un hormigueo en su piel aterciopelada cuando se aplicó una dosis abundante de espuma para baño sobre su cuerpo expuesto al aire de mar. Se recogió el pelo, y decidió ponerse un sencillo vestido blanco de algodón y sandalias para la cena, esperando que el señor Pennetti no hubiera organizado un ágape formal.

Por eso se alegró cuando él los llevó a una galería adornada con flores. La familia del dueño de casa estaba formada por sus dos hijos, uno de los cuales era el malhumorado muchacho que había conducido la camioneta, salvo que ahora estaba limpio. Pennetti explicó que su mujer dirigía la oficina que tenían en

Buenos Aires, y allí pasaba casi todo el tiempo pues no le agradaba la vida en la Patagonia. Todos se dieron la mano.

Logan también se vistió informalmente con unos vaqueros desteñidos de corte bajo y camisa deportiva color café claro. Tenía el pelo húmedo, peinado para atrás, y se había afeitado. Sentado al lado de Teresa, tenía también él aspecto de cansado. Lo notó más distante que el día anterior, lo cual la apenaba, pues ahora que comenzaba a sentirse más cerca de él, no quería que se encerrara en sí mismo.

Felizmente fue una cena liviana consistente en empanadas —especie de pastelillos de carne— y sándwiches delgados como hojas de papel, verduras y vino. No se habló de negocios en la mesa, sino que el dueño de casa conversó sobre temas personales, como podría hacerlo con amigos.

—Espero que no se queden con hambre. Me pareció que no iban a querer una comida muy suculenta.

—Está perfecta —le aseguró Teresa, y Logan se hizo eco.

—Yo he probado la comida mexicana, señorita Romero, y me resulta muy picante —añadió Pennetti con una sonrisa que ella retribuyó.

—Sí, puede ser.

—Los padres de Teresa tienen un restaurante mexicano en California —intervino Logan. Pennetti levantó una ceja.

—¡No me diga!

Teresa miró a su compañero y luego a su anfitrión.

—Sí; lo inauguraron hace años, cuando mi hermana y yo éramos pequeñas. Las dos solíamos ayudarlos a tender las mesas y poner los adornos. Es un lindo local.

Pennetti asintió con una expresión cálida, y posó sus ojos en Logan.

—¿Y sus padres? —quiso saber.

Logan, que venía mirando a Teresa con un raro semblante, suspiró al oír la pregunta sobre sus padres y miró al dueño de casa.

—Mi padre era contador y mi madre trabajaba de empleada en una tienda. Ambos murieron cuando yo era muy joven.

—Qué pena.

Logan se encogió de hombros.

—Sus hijos trabajan con usted, veo —agregó.

El señor Pennetti hizo un ademán señalando a los dos muchachos que, con actitud cortés, se hallaban sentados también a la mesa.

—No sé qué haría sin ellos. Son jóvenes y fuertes, y hacen todo lo que yo ya, de cansado que estoy, no hago más. Lamentablemente hablan muy poco inglés.

—Juan Carlos —dijo Logan señalando al joven que les había hecho de conductor— habla bien.

Manuel Pennetti estudió el rostro de su hijo.

—Juan Carlos todavía no acepta que vivimos en una economía globalizada, pero está empezando a entender.

Teresa tenía la sensación de que el muchacho no lo aceptaba ni lo entendía, y por la forma en que Logan lo miraba, dedujo que él pensaba lo mismo. Juan Carlos no actuaba de un modo abiertamente hostil quizás por respeto al padre, pero la presencia de ambos allí al parecer le desagradaba.

Luego de otras frases de cortesía, convinieron salir a la mañana siguiente bien temprano a recorrer la estancia. Logan subió con ella a la planta alta, prestando especial atención a los movimientos de su compañera. Cuando le tocó el brazo, ella por su parte casi se tropezó el último escalón.

—Estás bellísima y muy femenina esta noche, Tess.

—Me pareció que no debía ponerme un trajecito de ejecutiva —respondió, con una sonrisa.

—Gracias a Dios.

—¿Querías que repasáramos algo esta noche o prefieres esperar hasta mañana y ver cómo trabajan?

Tuvo que hacer un esfuerzo para apartar sus ojos del vestido y mirarla a la cara.

—Ah sí, mejor, porque estoy un poco cansado.

—Hablamos mañana, entonces. Yo también quiero acostarme.

—De acuerdo.

Ella bajó la vista porque no sabía qué más decir, pero no quería entrar sola en su cuarto.

—Hasta mañana.

Logan le miró los labios y después los ojos.

—Dime, Tess, ¿por qué pones cara de tristeza cuando hablas del restaurante de tus padres?

La pregunta la tomó totalmente por sorpresa.

—¿Pongo esa cara?

—Sí. Te noté triste cuando Carla me hablaba del tema, y también esta noche, cuando lo comentaste tú.

Miró por encima del hombro de su compañero, en dirección a una pared blanca. No sabía que fuera tan expresiva.

—Siento amor por ese local. Mis padres solían decir que les daba libertad. A nosotras nos criaron con las ganancias que obtenían. —Suspirando, miró a Logan a los ojos—. Sacaron préstamos y dieron como garantía el restaurante para hacer frente a unos gastos imprevistos. A mamá hubo que hacerle dos operaciones...

Logan se aproximó e inclinó la cabeza. Sus ojos de un castaño intenso parecieron taladrar su alma.

—Y ahora tienen que pagar la deuda.

Ella asintió.

—No querría ver que pierden ese local. Trajeron

consigo un trocito de México cuando se radicaron en California, y lo guardan allí, en ese restaurante. Es parte de ellos.

Logan le acarició la mejilla con el dorso de la mano como había hecho aquella otra noche, en el porche de su casa.

—Y parte de ti, también —susurró.

Se sentía atraída hacia esos ojos como si fueran imanes. No podía apartar la mirada. Lo que más quería en la vida era que la besara. Si la estrechaba en sus brazos y le daba uno de sus besos pasionales, la haría sentirse mucho mejor. Apoyó entonces la mejilla contra la mano de su amigo. *Bésame, bésame por favor.*

—Todo saldrá bien, Tess. No te preocupes —dijo él, y se apartó unos centímetros, con lo cual rompió el hechizo en el que ella con gusto se habría quedado eternamente.

Teresa asintió, incapaz de articular palabra.

Logan la tomó de la mano, le abrió la puerta del dormitorio y dijo:

—El resto tendrás que hacerlo tú.

—Hasta mañana. —Entró, antes de cometer alguna tontería, como por ejemplo, invitarlo a pasar.

Recorrió la pieza vacía con la mirada y suspiró. Lo mejor que podía hacer era meterse en esa cama, dormir y estar con todos los sentidos despiertos al día siguiente.

Cuando golpearon a la puerta se estaba descalzando y quitándose la hebilla para soltarse el pelo, y se sobresaltó. ¿Logan habría cambiado de opinión y deseaba trabajar esa noche?

—Adelante —dijo.

Se abrió la puerta y apareció Juan Carlos, con expresión adusta.

—Quiero hablar con usted —dijo en castellano.

—Entre.

Al ver que entraba y cerraba la puerta, Teresa se preguntó si no habría sido una imprudencia invitarlo a pasar.

El muchacho se metió las manos en los bolsillos.

—No tengo interés en tener tratos comerciales con una empresa extranjera —dijo, sin perder el tiempo yéndose por las ramas.

Eso Teresa ya lo suponía.

—Entiendo que pueda tener sus reservas.

—No. Dije que no quería hacer negocios con usted. No es que tenga reservas. Estoy muy seguro de lo que digo.

—Obviamente su padre no piensa lo mismo...

—Mi padre se ha dejado engatusar por las mismas ideas que deslumbran a la mayoría de los empresarios argentinos. Estamos vendiendo nuestro país a los foráneos. Ya vendimos los ferrocarriles, los teléfonos, las líneas aéreas. No nos queda nada propio. Y no quiero ver que nuestra estancia tenga el mismo fin.

Miró preocupada ese rostro de enojo.

—No vinimos a comprar la estancia. Queremos comprar su producción. Ustedes venden lana, y nosotros queremos comprarla. Nada más.

El hombre se acercó un paso más.

—Teresa, usted es latina. Por eso vine a hablarle, pensando que comprendería.

—Soy una mujer de negocios que se dedica a comprar, no a la política.

La miró con desagrado.

—Es una traidora —dijo el muchacho y se marchó, sin darle tiempo de responder.

Ella se dejó caer con un suspiro en la cama.

\* \* \*

A la mañana siguiente cruzaron el prado que rodeaba el casco de la estancia para dirigirse al galpón de la
esquila. El señor Pennetti era una persona amigable.
Trataba a Teresa y Logan como verdaderos amigos, poniendo empeño en que se sintieran cómodos.

Logan empezó a pensar que las negociaciones podrían resultar más fáciles de lo que suponía. Era evidente lo complacido que estaba Pennetti de tenerlos
allí. Señalando distintas parcelas del terreno, les explicó
que debido a la aridez de la región, no podía haber muchos cultivos. Sus peones permanentes se ocupaban de
las ovejas, y mantenían las instalaciones durante los perí-
odos de poca actividad. Los llamados peones "golondri-
nas" habían llegado esa temporada para iniciar la
esquila. Pennetti se detuvo, apoyó una mano sobre el
hombro de Teresa y siguió hablando en español.

Logan, que venía detrás, observó la figura femenina
ceñida en estrechos pantalones negros. Se puso a la
par y preguntó:

—¿Qué dice?

Ella le pidió silencio con un gesto, y siguió escuchando a su anfitrión. No sabía por qué se sintió fastidiado, no tanto porque no comprendiera ni una
palabra de lo que se decía, sino más bien porque ella
prácticamente lo estaba ignorando.

Lanzó un suspiro y siguió caminando hacia el gigan-
tesco galpón. Adentro se encontró con un clima fes-
tivo. La música hispana puesta a todo volumen parecía
estimular a los peones en su labor, que consistía en
sostener a la oveja entre las piernas y pasarle la tijera
mecánica por los flancos, dejando pequeñas hileras de
vellones cortos. Cuando terminaban de esquilar cuatro o cinco animales, se enjugaban la transpiración
con un trapo y bebían sorbos de algo que parecía ser
vino.

—Mis hombres pueden esquilar cien ovejas por día, a veces hasta ciento diez —se ufanó Pennetti.

Logan no se había dado cuenta de que Pennetti y Teresa se hallaban detrás de él.

—¿Cada hombre? —preguntó, sin darse vuelta.

—Desde luego —respondió Pennetti en voz bien alta, para tapar el ruido de la esquila y las conversaciones de los hombres.

Con independencia de lo que pensara Teresa, Logan había hecho averiguaciones, y sabía que esa estancia era la más productiva del país.

—Pero no veo que tenga muchos ayudantes.

—Si me hacen falta, los consigo. En este momento estamos trabajando sólo con la tercera parte de los animales.

Logan decidió entonces crearle un tema de preocupación.

—Si cerráramos trato con usted, necesitaríamos que se esquilaran este mismo año los dos tercios restantes.

Pennetti se le acercó más.

—La temporada de esquila está a punto de terminar —dijo, acompañando la palabra con grandes ademanes—. Ya despedí a los peones hasta el año que viene.

Logan movió la cabeza a uno y otro lado, sin prisa.

—Se olvida de que cuando aquí es verano nosotros estamos en invierno, señor Pennetti. Usted demoró casi toda la temporada sólo en acceder a que lo visitáramos. El invierno ya está terminando en los Estados Unidos, y lo que compramos este año desde luego es para el próximo.

La expresión que exhibía Teresa era casi tan seria como la del argentino, pero éste ni lo notó, por la concentración que escuchaba a Logan. Teresa tenía necesidad de saber si Logan estaba simulando. Las compras siempre se hacían con un año de anticipación. La lana adquirida ese año se procesaría y tejería para el invierno siguiente. Logan la miró a los ojos esperando que comprendiera, y ella comprendió. Entonces cambió su semblante. Le tocó el hombro a Pennetti, y le sonrió. El estanciero se dio vuelta, con una cara mezcla de enojo y de preocupación.

—Nuestra intención no es fastidiarlo, señor —comenzó a decir Teresa—, pero lo elegimos por su buena fama. Si hiciera falta, a lo mejor usted encuentra la manera de contratar más personal, y llegar a utilizar el resto de los animales.

La expresión de Pennetti se suavizó.

—Señorita, tenía entendido que ustedes iban a recorrer mi establecimiento y firmaríamos un contrato para el año que viene —afirmó él, con una cadencia que era un virtual pedido de comprensión.

—Entonces tenemos un año para consultar con otros proveedores —acotó Logan en tono firme, aunque no grosero ni polémico.

Los brazos de Pennetti hicieron gestos de resignación.

—Si eso es lo que desean, sí, por supuesto.

—Si satisface nuestras necesidades, queremos hacer trato con usted —sostuvo Teresa.

Logan maldijo mentalmente. ¿No le había dicho acaso que no se mostrara muy interesada? Tentado estuvo de llevarla a un costado y amordazarla.

—En efecto —le habló Logan a Pennetti—. Veamos si su producción reúne las necesarias condiciones; de lo contrario, no hay negocio, ¿verdad, señorita Romero?

—Así es —respondió ella, lanzándole una mirada.

Pennetti los hizo recorrer el lugar de la esquila, y así pudieron inspeccionar la preparación de la lana. Los esquiladores clasificaban esmeradamente distintas calidades de lana, descartando las fibras manchadas o de color.

—¿Garantiza usted el control de calidad mediante

sus métodos de clasificación y embalaje? —quiso saber Logan.

Manuel Pennetti asintió.

—Clasificamos a las ovejas con anterioridad a la esquila, y embalamos la lana separadamente. Vengan, que les muestro.

Teresa lo siguió en silencio.

Pennetti entonces señaló una mesa con listones de madera donde los hombres peinaban la lana cortada, practicando una segunda búsqueda de vellones de inferior calidad. Trabajaban con velocidad y eficiencia. Logan observó a Teresa, que miraba todo muy atentamente. Le gustaba mirarla cuando trabajaba, pues siempre parecía tener sumo interés en cualquier labor que hubiera emprendido.

—Van a querer la lana blanca, la de mejor calidad, ¿no?

—Sí —respondió ella.

El argentino sonrió. Le tomó la mano y le puso en la palma un manojo de lana.

—Fíjese en el largo de estas fibras... cortas, ideales para suéteres de primera calidad. Son tan perfectas que hasta podría hilárselas para confeccionar trajes.

Logan admiró las fibras, mirándolas por sobre el hombro de su compañera mientras ella las separaba con sus dedos. Eran, por cierto, de buena calidad. Pennetti hacía alardes y promocionaba su producto tal como le agradaba a Logan, y eso lo dejó complacido. Pero la lana no siguió despertándole interés mucho tiempo más. Parado detrás de Teresa, se distrajo mirando cómo los delicados dedos jugueteaban con las hebras blancas, suaves. Llevaba anillos en dos dedos de cada mano. Las uñas no eran demasiado largas, pero estaban perfectamente arregladas y pintadas en un tono rojizo.

Miró un instante ese cuello y debió contenerse para
no besarlo.

—¿Ve usted, señor Wilde?

Logan prestó atención al estanciero.

—Impresionante —dijo.

—No va a encontrar tan fácilmente este tipo de calidad.

No pudo dejar de mirar a su compañera.

—A lo mejor tienes razón —dijo.

Ella se dio vuelta y le tendió la mano.

—Disculpa. ¿Quieres revisar las fibras?

Logan las pasó entre sus dedos tal como la había visto
hacerlo, y en silencio se las devolvió luego a Pennetti.

Terminaron de visitar el galpón y se subieron a un
viejo jeep militar con la pintura descascarada en ambos
paneles laterales. Recorrieron el campo y fueron cono-
ciendo el total de las instalaciones. No escapó a la atención de Logan el hecho de que Pennetti ofreciera a
Teresa el asiento del acompañante, con lo cual él
quedó relegado al de atrás.

La topografía del terreno era ideal para el drenaje de
las aguas. Brindaba además sombra y reparo suficientes
para los animales. Estos tenían la posibilidad de acceder al agua, y los galpones de la esquila contaban con
electricidad. Todo eso dejó satisfecho a Logan. La estancia resultaba tan notable como él había averiguado,
y sabía que Edward le diría que cerrara el trato.

En el trayecto de regreso, le habló a Pennetti:

—Su establecimiento es de grandes dimensiones.
¿Cree que podrá suministrarnos lo que necesitamos?

—Desde luego me gustaría saber exactamente cuáles son sus condiciones, señor Wilde, pero creo que
podemos.

—Quiero practicar a la lana una prueba de micrones.

—Por supuesto.

—Además, necesito su plan de gestión. Quiero conocer el grado de higiene de las instalaciones, la alimentación de los animales, características de las pasturas, todo lo que pueda afectar la calidad de la lana.

Pennetti frunció el entrecejo.

—Está en su derecho. Le daré toda la información.

—Después de que me la dé podremos seguir hablando. Y vea también si puede conseguir que esquilen el resto de los animales este año.

Pennetti hizo un breve gesto de asentimiento y enfiló hacia el casco de la estancia.

No bien se hubo alejado como para que no pudiera oírlos, reaccionó Teresa:

—¿Estás tratando de perder la cuenta? —Había adoptado la rígida personalidad que exhibía en la empresa, sólo que al dirigirse a él parecía más indignada.

El viento soplaba sin cesar formando remolinos de tierra en derredor. Logan se sentó sobre un tronco a contemplar el paisaje.

—¿Y bien? ¿No me respondes? —Se plantó ante él.

Logan recorrió con la mirada el cuerpo femenino, y comenzó a excitarse. Varias veces en el día se había puesto a pensar en dónde era que habían dejado cuando estaban en el barco, a imaginar que subía a la planta alta, se metía en la cama de ella y no hablaban nada sobre cuestiones de trabajo.

—¿Cómo se te ocurre que quiero eso?

—Nunca conviene hacer enojar al cliente el primer día.

—Creí que te había explicado mi estrategia.

—No es necesario ser tan agresivo ni azuzar al pobre hombre, que por otra parte estuvo muy amable con nosotros.

Logan se recostó hacia atrás.

—No critiques mis métodos, Tess, y no vuelvas a inte-

rrumpirme cuando estoy llevando adelante una negociación. Casi me la arruinas.

La reacción de ella fue abrir la boca con asombro, al
tiempo que un simpático rubor teñía sus mejillas.

—Esta cuenta es *nuestra*, y si veo que la estás mane-
jando mal, por supuesto que voy a interrumpirte.

Logan se puso de pie, pensando que sería mejor
quedar a su misma altura.

—Yo tengo una opinión distinta, Tess, así que cállate
la boca y aprende cómo se hace esto.

Al ver que ella entrecerraba los ojos se dio cuenta de
que la había provocado, pero aunque no quería pelear,
estaba decidido a manejar la cuenta a su manera.

—Lo único que aprendo de ti es cómo actuar de manera grosera e irracional. Voy a pedirle disculpas a
Pennetti, y a confirmarle que no tenemos intenciones
de buscar otro proveedor.

Logan la sujetó del brazo.

—No, eso no lo vas a hacer. —No levantó el volumen de su voz, pero la miró fijo, dándole a entender
que hablaba en serio.

—Suéltame —pidió ella con voz temblorosa. Estaba
furiosa, y él se daba cuenta.

En cambio, la atrajo más aún.

—Sé muy bien lo que hago —le dijo al oído.

Teresa se quedó tiesa. Lo sentía demasiado próximo,
sólido, inflexible. Con su visión periférica vio su largo
cuello masculino, y notó que el enojo empezaba a
transformarse en anhelo mientras un estremecimiento
recorría su cuerpo.

—¿Y qué es lo que te propones? —Sentía la garganta
seca.

Logan siempre parecía sereno, casi desapasionado.
Su mano dejó de sujetarla del brazo y subió hasta el
hombro. Teresa ya se había dado cuenta de que era un

hombre de sensaciones táctiles y que sus toques no significaban nada, pero no pudo dejar de sentir algo que se le apretaba en el estómago cada vez que su mano la rozaba o se hallaba simplemente cerca.

—Ponerlo a la defensiva, para que nos demuestre que es valioso.

—No voy a crear un clima polémico con él. No es así como trabajo.

—¿Y cómo trabajas? ¿Convirtiéndote en su mejor amiga? Ya vi cómo te miraba el trasero vestida con esos pantalones estrechos. ¿Es ésa tu estrategia: mostrarle la mercadería para que después compre? ¿Sabes? Yo bromeaba cuando te sugerí aquello en el barco.

La claridad y malicia con que pronunció las palabras la afectaron más que si le hubiera dado una bofetada, produciéndole deseos de venganza. ¿Qué otra ropa se iba a poner para recorrer un campo? Soltó su hombro de un tirón.

—Eres una basura, Logan.

—No soy yo el que anda haciendo alarde de su cuerpo y flirteando, querida.

Teresa sentía el rostro en llamas. Jamás había experimentado tal necesidad de abofetear a alguien como en ese momento. Giró en redondo y se marchó, para no hacer ni decir nada de lo que luego pudiera arrepentirse. Además, estaba a punto de soltar las lágrimas, y la idea de llorar le parecía inaceptable.

—Ven aquí, Tess —la llamó él, resignado—. Tess —agregó, algo más fuerte—. Maldición...

Ella no paró.

—Tengo razón. Hace el doble de tiempo que tú que estoy en este negocio. —Ya gritaba.

No consiguió hacerla volver.

—Eres muy testaruda e incapaz de razonar. Ven aquí o llamo a Edward. No voy a trabajar contigo de este modo.

Se detuvo y se dio vuelta para mirarlo.

—¿De qué modo?

Estaban unos veinte metros separados uno del otro.

—Te estás portando como... como una mujer.

—¿Como una mujer? ¿A diferencia de lo que sería como un hombre?

—Sabes a qué me refiero. Tienes un arranque de niña y te marchas en vez de intercambiar ideas conmigo como un empresario.

Fue la única reacción que pudo tener para no ponerse a gritar a voz en cuello.

—¿Intercambiar ideas? ¿Eso dices que estamos haciendo? —Meneó la cabeza—. Fuiste tú quien empezó con las agresiones personales. Si crees que me voy a quedar de brazos cruzados mientras me lanzas insultos denigrantes porque compartimos un beso, estás equivocado.

Logan soltó una risa muy poco divertida.

—Y si te crees que yo voy a cederte las riendas porque estabas dispuesta a entregar tu cuerpo, estás *tú* equivocada.

¿A qué se debía esa actitud? Era como si se propusiera ser cruel con ella, lo cual la desconcertaba muchísimo. Seguramente se daba cuenta de que la estaba ofendiendo, pero parecía no importarle. Si había algo que él no era, era ser cruel. Nunca pensó que mencionaría el momento íntimo, personal, que habían vivido para perjudicarla en los negocios. Entonces, se tragó las lágrimas e hizo el esfuerzo de responder:

—No me arrepiento de lo que pasó entre los dos, pero te juro que nunca más volverá a ocurrir.

—Tess...

—No pretendo dominarte ni quedarme con esta cuenta, pero no me voy a quedar callada si le faltas el respeto a un cliente. Si no trabajas junto conmigo, si no convenimos de antemano la estrategia, no esperes el menor apoyo de mi parte.

—Pensé que ya lo habíamos convenido.

Teresa giró en redondo y enfiló para la estancia.

—Lo hablamos anoche, Tess. Accediste a no mostrarte demasiado interesada y te pusiste a besarle los pies a Pennetti. —Empezó a seguirla. Antes de que ella llegara a la puerta, se le puso por delante para impedirle el paso. Ella trató de esquivarlo, pero no pudo.

—*Te juro* que llamaré a Edward y te sacará de este negocio, Tess.

—¿Eso crees?

—Lo sé.

—No sabes nada. No puedes llevar esto a buen término sin mí, decididamente. Y para que no queden dudas, yo no le besaba los pies a Pennetti ni flirteaba con él. Tuve una actitud amistosa, nada más. ¿No te percataste de cuánto más lento es el ritmo de las cosas en este lugar, de lo sociables que son las personas?

—No vinimos aquí para hacer amigos sino negocios.

Teresa movió la cabeza hacia un lado y otro.

—Estás encarando todo mal porque no comprendes la cultura, y tienes un ego tan grande que ni siquiera lo ves.

Logan entornó los ojos.

—Sabía que me ibas a traer problemas —dijo—. Eras la última persona con quien quería trabajar.

No se mostró ofendida. Al mirarlo a los ojos, vio que decía la verdad.

—Lo sé. Todavía no trabajaste conmigo, Wilde, ni un solo día.

—Lo intenté.

—Mentías cuando viniste a mi despacho a decirme que podíamos encarar juntos esta misión. Siempre quisiste hacerlo a tu manera.

Se borraron las arrugas de la frente masculina. El rostro entero parecía más apaciguado.

—No, no fue...fuiste tú quien trató...es decir...maldita sea, tienes razón. Me doy por vencido. No puedo seguir. —Entró de prisa en la casa. Teresa lo miró alejarse, bajó la cabeza y volvió a contemplar las tierras. Echó a andar sin saber adónde iba, pero no tenía ganas de regresar a su cuarto.

Bastante se había deprimido durante la recorrida, cuando vio que Logan hacía todas esas preguntas tan pertinentes que a ella nunca se le ocurrían. Creía ser ella la más preparada, pero evidentemente no era así. Además, él tenía razón: se había mostrado muy interesada en conseguir el cliente, sin preocuparse por determinar si el establecimiento valía la pena. Todavía le faltaba mucho por aprender, pero tener que soportar que él se lo recordara, y que encima la hiciera callar, era demasiado.

Más humillante aún era verlo convencido de que había accedido a tener relaciones sexuales para poder manejarlo en los negocios. Qué bajo concepto tenía de ella y qué poco valoraba su deseo de entregarse a él. Había creído que la relación sería especial, hermosa para ambos, pero al parecer se había equivocado.

—¿Adónde va?

Tan abstraída iba en sus pensamientos que no oyó llegar a su lado a Juan Carlos, al galope.

—Salí a caminar, no más.

Juan Carlos se apeó del caballo y caminó a la par.

—Se está levantando viento. Es peligroso alejarse.

Lo miró. Nada le daría más fastidio que si otro hombre se ponía a decirle lo que debía hacer.

—No se preocupe por esta "traidora". No me pasará nada.

Él sonrió.

—Permítame que insista, señorita Romero.

Ella no le hizo caso y siguió la marcha, deseosa de que la dejara en paz.

—Teresa, tengo una hora libre. Cuénteme sobre su empresa, y si en ese lapso logra convencerme de que debo hacer negocios con ustedes, tendrá un proveedor de lana. De lo contrario, hablaré con mi padre, y le juro que en el acto se acaban las tratativas.

Teresa se detuvo y miró al arrogante muchacho. Debía de tener poco más de veinte años, y si bien no lo creía capaz de hacer cambiar de opinión al padre como afirmaba, una cosa sí era cierta: que Juan Carlos y su hermano eran los futuros propietarios de la estancia El Gaucho.

—Usted en el fondo sabe que su establecimiento podría obtener enormes beneficios si decidimos contratarlos, pero si quiere que le explique todo, con gusto lo haré.

Juan Carlos señaló en dirección al casco de la estancia y el galpón de la esquila.

—Después de usted —dijo.

# Capítulo 6

Logan estaba sentado, apoyado contra la cabecera de su cama. El reloj que había sobre la mesita indicaba las diez. Afuera todavía quedaba luz como para que la gente trabajara. Seguían llegando voces y música desde el galpón donde se esquilaban las ovejas. Había dejado la ventana entreabierta para recibir un poco del aire nocturno, pero junto con él entraba también el inconfundible aroma de la carne de vacuno asada. La noche anterior también habían cenado entre las diez y las once. Como no estaba habituado a comer tan tarde, le hacían ruido las tripas.

Se levantó de la cama, salió al pasillo y fue a golpear la puerta de su amiga.

—Abre, Tess.

El silencio fue su única respuesta.

—Ya vamos a tener que bajar a comer.

No se oía ni el menor ruido dentro de la habitación. No convenía que dieran la impresión de no estar unidos. Desde hacía unas horas se sentía como un tonto por haberla disgustado. Por lo general no le agradaban las peleas, porque además de arruinarle la serenidad con que prefería vivir, no solucionaban nada. Teresa despertaba en él muchos sentimientos que creía tener dominados. La había agredido ferozmente con la intención de bajarle un poco los humos, pero no pudo contenerse y el ataque fue venenoso.

Ahora ella estaba enojada, quizás hasta resentida; él se sentía muy mal y toda la situación era decididamente perjudicial para los negocios. No quería pelearse más con ella. Tenía que pedirle perdón. Levantó entonces el picaporte y lentamente abrió la puerta.

—¿Tess?

Miró en derredor y comprobó que la pieza estaba vacía. ¿Adónde diablos se había ido?

Salió y fue a buscarla a los sitios obvios tales como la cocina, la sala, la biblioteca, pero no encontró a nadie. A lo mejor había salido a caminar. Dio entonces una vuelta alrededor de la inmensa casa de ladrillo, y no la vio. Puso los brazos en jarras y miró hacia el galpón. Imposible que estuviera allí... En ese momento vio que Juan Carlos volvía desde el galpón y fue a su encuentro. A medida que se iba acercando, la música se oía con más volumen.

—¿Busca a su sensual compañera?

Logan entrecerró los ojos.

—¿Está ahí adentro?

—Sí. Yo ya terminé con ella. Ahora la están disfrutando mis hombres.

Logan sintió que el corazón le daba un vuelco, y su cuerpo entero se ponía tenso. Iba a moler a palos a ese pedante. No; si algo le pasaba a Tess, se suicidaría. No tendría que haberla dejado sola. Una estúpida discusión, y el amor propio, le habían ofuscado el pensamiento.

—Salga de adelante —dijo, hizo a un lado a Juan Carlos y enfiló hacia el galpón.

Cuando llegó hasta la inmensa puerta corrediza y entró, sintió alivio por lo que vio. En un extremo del recinto había una parrilla con fuego encendido donde se estaba asando una media res, acompañada de chorizos y tipos diversos de entrañas. Le pareció que su estómago pegaba un salto al ver la carne. Los hombres bebían vino del pico de la botella mientras esperaban para cenar, hablando en voz alta, riendo, cantando al compás de la música. Y el centro de atención era Teresa, que seguía vestida con sus pantalones negros ceñidos y una camiseta elastizada del mismo color.

Sentados a su lado o en unos bancos largos de madera, una veintena de hombres la escuchaban atentamente hablar en castellano. El anterior enojo de Logan volvió a aflorar. ¿Qué diablos hacía ahí? Esa mujer estaba loca. De pronto tomó conciencia de que su indignación no tenía nada que ver con la posibilidad de que se arruinara el negocio sino más bien con la atención que a ella le prestaban tantos hombres. En definitiva, estaba celoso.

Siguió avanzando hasta que alguien reparó en él, lo señaló y dijo quién sabe qué cosa en castellano.

En el acto, Teresa giró la cabeza, y sus ojos se encontraron. Se miraron unos instantes; luego ella se levantó y fue a recibirlo.

—Ven —le dijo.

*No arruines todo. Mantente sereno.* No quería hacer un papelón. Además, no tenía derecho a sentirse celoso, y se alegraba de ver que a ella no le había pasado nada.

—¿Qué haces?

—Nada en especial. Esperaba la hora de la cena. Ven, que te presento a los hombres.

Le dio la gana de sacarla de allí, o al menos de envolverla en una manta, pero se limitó a asentir.

—De acuerdo. —Si seguía enojada con él, lo disimulaba frente a los demás. Él bien podía hacer lo mismo.

—Éste es Pablo, una especie de capataz. Raúl, Miguel...—Fue nombrándole a todos los presentes. Cómo hacía para acordarse de los nombres era un misterio.

—Les presento a Logan, mi socio.

Todos lo saludaron.

—Me estaban hablando sobre su trabajo. Tienen algunas anécdotas muy divertidas.

Logan le sonrió, aunque era lo que menos deseaba hacer.

—¿Y qué les contabas tú a ellos que los tenías tan arrobados?

—Ah, querían que les hablara sobre los Estados Unidos, lo que comemos, cómo vivimos. Están muy interesados.

*No me extraña.* Cualquier cosa les interesaba con tal de poder seguir mirándola.

Logan se apoyó contra unas barandas de madera y cruzó los brazos sobre el pecho. No pudo dejar de lanzar una mirada a la tela elastizada que ceñía el busto de Teresa. Caramba, qué linda estaba.

—Veo que lo has estado pasando muy bien.

Ella no le respondió, sino que le lanzó una mirada despectiva. Volvió a tomar asiento en la única silla decente que había y siguió conversando en tono vivaz. Logan la observaba y prestaba atención a su charla, aunque por supuesto no entendía ni jota. De vez en cuando, cuando ella creía que había algo que él necesitaba saber, se lo traducía.

Cuanto más la observaba, más bonita le parecía y mayor era la ternura que ella le inspiraba. También se dio cuenta de que los hombres no la miraban con lascivia sino que escuchaban con verdadero interés, y si bien se los veía indudablemente prendados, su actitud era de respeto y admiración.

Cuando la carne estuvo lista, se repartieron porciones de costillas en unos platos de madera. Todos hablaban y comían felices, como si pertenecieran a una inmensa familia. Y cuánto hablaban. Logan lo pasó muy bien, pese a que no comprendía. La carne fue la más jugosa y de mejor sabor que hubiera probado jamás. A eso de la una de la madrugada terminó finalmente la comida y la diversión.

—Ya es hora de irse a dormir —dijo, y tomó a Teresa del brazo.

Por primera vez desde que iniciaran el viaje, Teresa había comido como debía. Logan no la creía capaz de comer tanto. También consumió una botella entera de vino tinto, cosa que no lo sorprendió: de eso sí la sabía capaz.

—Dicen que ahora van a jugar unas partidas de naipes. ¿Seguro que no quieres quedarte?

—No, ya es tarde.

—Yo me quedo —anunció, contenta—. Así puedo aprender algún otro juego.

Ah, eso sí que no.

—Es tarde, Tess —le dijo, sonriendo—. Hora de irnos a la cama.

Ella abrió más los ojos.

—¿Cama, dijiste? ¿Es una invitación?

No era eso lo que había querido decir.

—¿Querrías que lo fuese?

Se puso colorada.

—Esta vez no estoy lo suficientemente ebria como para acceder a acostarme contigo, Logan. Y si crees que te he perdonado por las cosas que me dijiste esta tarde, estás muy equivocado.

—Estuve mal —dijo él, con sinceridad.

—¿Y?

—Y nada más. No tendría que haber dicho lo que dije.

Ella entornó los ojos.

—Así y todo no pienso acostarme contigo.

Logan reaccionó con una risa y le soltó el brazo.

—Bueno, en realidad no te estaba invitando, pero en algún momento lo vas a hacer.

Los ojos femeninos siguieron entornados, y la comisura de sus labios se arqueó formando una sonrisa insinuante que a él le costó mucho ignorar.

—¿Juegan? —preguntaron los hombres, interrumpiéndolos.

—¿No vas, Tess?

—Me daba la impresión de que ya no te interesaba hacer nada conmigo —lamentó ella con voz tenue.

—Teresa —insistió Pablo, suponiendo que no había oído la invitación.

Respondió que no con un movimiento de la cabeza.

—No gracias, Pablo. —Y dirigiéndose de nuevo a Logan, agregó—: Vamos, pues.

Salió tras ella. Afuera aullaba un fuerte viento que los obligó a caminar contra la pared del galpón para repararse. De pronto ella se detuvo y lo encaró.

—Recuerdo lo que pasó entre nosotros en el barco, Logan, y me siento como una tonta. —Al ver que él hacía ademán de sujetarla, dio un paso atrás—. No, por favor. Me ofrecí a ti como una cualquiera...

—Estabas borracha.

—Deja de decir eso. Sabía perfectamente lo que hacía. No tengo excusas para justificarme. Estuve mal.

—¿Olvidas acaso que era *yo* quien te perseguía?

Se mordió el labio inferior e hizo gestos de negación.

—Eso ha complicado las cosas entre nosotros, y...

—No es verdad, Tess.

—¡Claro que sí! Estoy ofendida por lo que me dijiste esta tarde, y sin embargo quiero que me abraces. Una mezcla de sentimientos.

Esta vez, cuando tendió los brazos, la aferró de los hombros y la atrajo contra sí.

—Te ofendiste porque me porté como un idiota. Me había fastidiado contigo, y dije cosas que sabía te iban a herir.

Los ojos femeninos, bañados en lágrimas, dejaron de mirarlo.

Logan tragó saliva para aclarar la garganta que se le cerraba. Nunca había visto así a Tess, pues no era una de esas mujeres lloronas. Apoyó su frente contra la de ella y cerró los ojos.

—Ay, Tess, lo lamento.

—Yo también.

—¿Lamentas el haberme deseado? No, de eso no te arrepientas.

Teresa meneó la cabeza; luego se echó hacia atrás y lo miró a los ojos.

—Ya hoy te dije que de eso no me siento arrepentida. —Soltó una risita—. Humillada, sí; arrepentida, no. Te dije que no pensaría distinto a la mañana siguiente, y lo confirmo.

Lo cual quería decir que todavía deseaba hacer el amor con él, y Logan no sabía si dar saltos de alegría o huir despavorido. La abrazó a la altura de la cintura.

—Bien —dijo, porque no supo qué otra cosa decir.

—Creo que deberíamos presentar nuestra oferta, Logan. Sabemos que Edward Reed quiere invertir...

—Bajamos el monto un veinticinco por ciento y ofertamos.

—De acuerdo.

—¿Y partimos de esa cifra? —La miró intensamente.

—Sí.

—Convenido.

Teresa se apoyó entonces sobre él, con la cabeza contra su corazón.

—¿Por qué tengo la sensación de que tratas de aplacarme? —preguntó.

—No quiero que discutamos, Tess. Tenías razón cuando dijiste que yo no estaba trabajando contigo. Será porque aún consideraba que esta cuenta era mía, como si tú hubieras venido de simple acompañante. Pero eso se acabó. De ahora en más la manejaremos juntos.

Ella se apretó más.

—Tengo frío —confesó.

Sonriendo, Logan la sujetó con más fuerza.

—Podríamos entrar, o si no, sigo teniéndote abrazada.

Ella ladeó la cabeza y le dio un beso en el mentón.

—¿Cómo conseguiste que se me fuera la rabia? Ya no siento enojo, y me estás abrazando tal como me gusta.

Él tampoco sabía cómo lo había hecho, pero mentalmente se felicitó pues la tenía exactamente donde deseaba tenerla. Le humedeció los labios con la punta de la lengua antes de sellarlos con un beso apasionado. Le encantaba besarla. El cuerpo de ambos, la boca, el espíritu, todo pareció encajar cuando apretó esos labios, y las lenguas se encontraron. Entonces lo inundó la sensación de cosa correcta, como si todos los planetas se hubieran alineado a la perfección y su mundo hubiera adquirido una nueva claridad.

Interrumpió el beso hipnotizante para comentárselo, pero al verla aún con los ojos cerrados la observó con fascinación. Teresa soltó un leve suspiro de felicidad. Logan entremezcló los dedos en su pelo, y ella abrió sus ojos oscuros de mirada nebulosa.

—Eres muy hermosa, Tess. —La hizo apoyar contra la pared del galpón y la apretó con su cuerpo. Volaba tierra alrededor de sus pies. El viento parecía arreciar, pero él no se percataba.

Introdujo la mano debajo de la camiseta elastizada y aferró un seno cubierto de encaje. Sus ojos se encontraron.

—Sería capaz de hacerte el amor aquí mismo —agregó.

La abrazó por la cintura, obligándola a levantar los

labios. Con el pelo que le volaba en todas las direcciones y esos ojos soñadores, Teresa era una tentación que muy pocos hombres habrían podido resistir. Y él no podía, no quería, resistirse pese al convencimiento de que hacerle el amor iba a ser algo más que una simple aventura pasajera. Apresó una vez más los labios femeninos y acarició ese capullo de pezón hasta que la oyó soltar, desde lo profundo de la garganta, una especie de gemido. Si no se detenía ahí, iba a terminar haciéndola suya en ese mismo lugar.

Sin soltarle el seno, lentamente fue terminando el beso.

El viento había adquirido tal intensidad, que era difícil mantenerse en pie.

—Tendríamos que entrar. —Tuvo que gritar para que se le oyera. Tess miró en derredor y dio la impresión de que acababa de percatarse del temporal.

Hizo un gesto de asentimiento, con cara de preocupada.

—No tendríamos que estar aquí afuera con semejante tiempo.

Logan la tomó de la mano, y juntos corrieron hacia la casa de huéspedes. El viento se arremolinaba alrededor de las construcciones, y tuvieron que correr con bríos para poder llegar a la puerta de adelante. Tess tropezó un par de veces, pero Logan la llevaba siempre de la mano. Cuando por fin abrieron la puerta, entraron impulsados por fuertes ráfagas de polvo y aire helado.

Tess soltó un fuerte "¡Uf!" Tenía el rostro sonrosado y la mirada aún nebulosa.

—Estoy helada —confesó.

—Yo también —sostuvo él con la respiración entrecortada—. Vamos arriba.

Cuando llegaron ante sus respectivos cuartos, ninguno de los dos tuvo coraje como para sugerir que entraran ambos en uno solo. Se quedaron parados cada uno frente a su puerta, mirándose. Logan quería invitarla al suyo. Necesitaba estrecharla con alma y vida, penetrarla hasta lo profundo.

—Bueno, una cosa sí es segura —murmuró.

—¿Qué?

—Que lo que empezamos en el barco no se ha terminado en absoluto.

Teresa se estremeció.

—No sé qué fue lo que empezamos.

Logan se alejó de su puerta y se acercó a la otra.

—Claro que lo sabes; lo sabemos los dos.

A decir verdad, la deseaba desde el primer día en que ella entró en la oficina con esos tacos muy altos y la falda corta de su trajecito. Y él arruinó sus posibilidades de intimar con ella cuando se puso a jactarse del porcentaje de sus aciertos comerciales. Desde aquel momento, vio que se le cerraban las puertas.

Teresa le acarició los brazos con las yemas de los dedos.

—Sé que es tarde. Sé que estamos en casa de un cliente, y que lo más sensato es que nos vayamos a dormir... yo sola y tú también.

Pero no era eso lo que *él* quería hacer.

—Muy bien, señorita Romero —dijo, con un suspiro—. Como usted desee. —Caminó de nuevo hasta su dormitorio, abrió y se dio vuelta para mirarla—. Voy a soñar contigo.

Ella sonrió.

—No sabía que eras tan amoroso.

Logan sofocó unas risitas.

—¿Amoroso? Ni te imaginas la clase de sueño que voy a tener.

Teresa arqueó una ceja perfecta. A modo de respuesta, él le guiñó un ojo; acto seguido entró en su cuarto mientras aún le quedaba algo de voluntad.

Por más que daba vueltas y más vueltas en la cama, Teresa seguía oyendo voces, sonidos apagados y pasos veloces. Se restregó los ojos, tratando de determinar si estaba dormida o despierta.

—¡Rápido, apúrense! —gritaba alguien cerca de su dormitorio. Decididamente estaba despierta.

Pateó la manta para destaparse y se sentó en el borde de la cama. Tomó su reloj pulsera y lo ubicó de manera de poder ver la hora con la luz de la luna. Era poco más de las cuatro, o sea que apenas si había dormido dos horitas.

Una vez más le llegaron desde el pasillo pasos y voces apresuradas. Abrió la puerta y notó que la casa entera parecía haberse despertado y vestido con ropa de trabajo y gruesos abrigos.

—¿Qué pasa? —le preguntó a Miguel, a quien reconoció de haberlo visto esa noche en la cena. El hombre tenía cara de preocupación, pero al verla, su semblante se suavizó.

—Lamento que la hayamos despertado —dijo en castellano—. El viento nos ha tirado abajo algunos corrales, por lo cual las ovejas están sueltas y atemorizadas, y debemos salir a reunirlas. Con permiso...

—Sí, por supuesto...

—¿Tess? ¿Qué hace todo el mundo? —preguntó Logan, saliendo medio adormilado de su habitación.

Miguel bajó corriendo la escalera. Abajo, junto a la puerta del frente, se habían reunido otros hombres que hablaban sobre la forma en que traerían a los animales y arreglarían los cercos y galpones dañados por el viento. Teresa observaba y escuchaba desde arriba.

Logan se le acercó y le tocó el codo. Ella se dio vuelta para pedirle que esperara un momento pues quería enterarse de lo que pasaba abajo, pero las palabras no salieron de su boca.

Logan estaba en calzoncillos, y una camiseta blanca cubría su torso haciendo resaltar cada uno de sus músculos. Por el orificio de las mangas alcanzaba a verse parte de sus tetillas. Teresa se dio cuenta de que lo estaba mirando atentamente, por lo cual hizo el esfuerzo de desviar la vista. La expresión de deseo de los ojos masculinos era inconfundible, y lo único que atinó a soltar ella fue un suspiro tembloroso.

—Todo está bien, Tess.

¿Qué cosa estaba bien? Nada parecía estarlo en ese momento. Volvió a mirar hacia abajo.

—El viento, las ovejas... creo que se les ha creado un enorme problema.

Logan le soltó el brazo y colocó ambas manos sobre la baranda. Se inclinó y vio por sí mismo a los hombres reunidos frente a la puerta.

—Quédate aquí —dijo, y bajó de prisa.

Teresa volvió a su cuarto, se calzó una bata y bajó ella también.

—Pero le agradezco el ofrecimiento —le decía en ese momento Pennetti a Logan.

—¿Está seguro?

—Sí, estamos seguros —intervino Juan Carlos de mal modo—. No necesitamos a alguien que no va a saber qué hacer ahí afuera.

—Silencio, Juan Carlos —lo reprendió el padre, y volvió a mirar a Logan—. Vuelva a dormir, por favor. Mañana nos reunimos y conversamos, pero ahora sinceramente nos tenemos que ir.

—Sí, por supuesto —aceptó Logan, dando un paso atrás.

Los hombres se precipitaron afuera, y cada uno dio
a impresión de ser arrastrado por el viento no bien
sacó los pies de la casa. Logan tuvo que hacer fuerza
con todo su cuerpo para cerrar la puerta; luego se dio
vuelta y miró a Teresa con expresión sombría.

—Están totalmente locos. El viento sopla como a
cien kilómetros por hora.

—¿Por qué no pueden esperar hasta que amaine?

Logan enarcó las cejas con cara de perplejidad.

—Supongo que les preocupan los animales, pero a
mí me parece que es terriblemente peligroso. —Al ver
que Teresa tiritaba, se dio cuenta y la rodeó con un
brazo—. Ven, volvamos a la cama —dijo.

—No creo que pueda dormir.

La besó en la sien y la condujo hacia la escalera.

—No podemos hacer nada. Tampoco tiene sentido
quedarnos toda la noche levantados esperando que re-
gresen.

—¿No estás preocupado?

Subieron juntos, él pasándole el brazo por el cuello.

—Sí, claro, pero me ofrecí para ayudar y Pennetti
me dijo que me quedara aquí, porque contaba con
muchos hombres que saben manejarse muy bien. Y eso
es lo que estoy haciendo.

Abrió la puerta del otro cuarto y entró con ella.
Luego la soltó y dio un paso atrás.

—¿Te vas?

Esbozó una sonrisa de picardía.

—Si te vas a quedar con esa cara de tristeza, no.

Ella se sentó en el borde de la cama y se miró los
pies, sintiéndose ridícula.

—No sé si voy a poder dormir —dijo.

—¿Quieres que te haga compañía?

El tono provocativo en que lo dijo la hizo sonrojar, y
un fuego interno la consumió. Todos sus sentidos se

aguzaron como si alguien hubiera encendido un interruptor dentro de su cuerpo. Tomó conciencia de que en su pieza había un hombre vestido sólo con camiseta y calzoncillos. Y ni qué hablar del propio atuendo, un camisón corto, de tela liviana, bajo la bata.

—Basta, Logan, que me cohíbes.

Él se rió.

—Teresa, mírame. —Como no le hizo caso, se agachó, le apoyó una mano en la rodilla, y con la otra la obligó a levantar el mentón—. Sé que estamos trabajando juntos en esta misión y todo lo demás, pero... me gustaría pasar más tiempo contigo.

—Quieres decir que te gustaría acostarte conmigo...

—Sí, me gustaría hacerte el amor, claro. Cuando veníamos en el barco me pediste que convirtiera la ocasión en algo especial para ti... Quiero intentarlo.

Sus ojos eran tan cariñosos, y sus palabras tan sinceras, que un estremecimiento la recorrió de pies a cabeza.

—¿Ahora? —Casi tosió al pronunciar la palabra.

—Así es. —Le puso las manos en la cintura y desató luego el nudo de la bata. Luego las manos se apoyaron sobre los hombros, corrieron suavemente la tela de toalla y ella quedó a la vista con su camisón casi transparente. —No quiero pelearme contigo por cuestiones de trabajo ni por nada. Me gustas, Tess. Creo que podemos ser buenos amigos.

—Pero no estamos de acuerdo sobre cómo manejar esta cuenta, Logan. Somos *rivales,* te guste o no.

—Sí estamos de acuerdo. Los dos queremos lo mejor para Penguin, ¿no?

—Sí, claro.

—¿Coincides conmigo en que estas personas saben lo que hacen y serían buenos proveedores?

—Sí.

—Entonces suscribimos el mejor convenio y nos vamos de aquí.

—¿Y cuando lleguemos de vuelta a nuestro país? — Seguirían compitiendo por las mismas cuentas.

—No cambiará nada, y tú lo sabes, Tess.

Seguiría acobardándola, enloqueciéndola en el trabajo. Pero también era cierto que no quería que la tratara distinto de como trataba a los demás. Quería verlo competir como hacía siempre y después ella, cuando ganara, pensaría que se lo merecía, que se había quedado con la cuenta porque era quien mejor podía hacer el trabajo. Acarició el rostro de su amigo, pasó los dedos entre su pelo.

Logan volvió a bajar las manos hasta su cintura. Estiró los brazos y la sostuvo a esa distancia mientras observaba su cara intensamente.

—A lo mejor las cosas ya cambiaron, ¿no, Tess? —susurró.

Ella se estremeció, sin saber por qué. No tenía frío. No estaba asustada. ¿O sí?

—Eso no podemos permitirlo.

—No nos queda otro camino —alcanzó él a pronunciar antes de apoderarse de sus labios, empujarla hacia atrás y depositar todo su peso sobre ella.

Teresa quedó apretada contra el colchón, y el beso no se pareció a los anteriores, que tenían mucho de juguetones y seductores. Éste fue posesivo, exigente. Unos labios ansiosos la instaron a abrirse, y su lengua se paseó enérgicamente, con una pasión que despertó ardor y pánico en el cuerpo femenino. La dureza, no sólo del beso sino del cuerpo entero de Logan, la dejó anonadada.

Acarició entonces esa espalda tiesa; luego los brazos con sus músculos flexionados, los puños. Le obligó a abrir las manos y entrelazó sus dedos con los de él.

Logan suavizó el beso y lentamente fue apartándose, hasta que sus labios apenas si la rozaron. Después levantó la cabeza y la miró a los ojos.

—Dime que me marche y me iré.

Le contestó que no con un gesto, tratando de no prestar atención a los latidos desenfrenados de su propio corazón.

—Si tienes que irte, vete. No voy a tomar la decisión por ti.

Suspirando, Logan apoyó la frente sobre el hombro de Teresa y se quedó así, hasta que ella le tocó la cara. Luego levantó la cabeza y sonrió.

—¿Qué te parece si nos quedamos recostados en esta cama y te tengo abrazada un rato?

—Me parece bien.

Hizo exactamente eso. Cuando ella se estaba por quedar dormida, le dio un beso en la frente.

—No lo lamento —dijo.

—¿Qué? —Estaba muy cansada y no quería hablar más.

—Esto nuestro... no lo lamento.

*Abrázame, Logan, necesito que me estreches. Tengo miedo de estar enamorándome de ti.* Ya ni siquiera sabía con seguridad si estaba despierta o no. ¿Pronunció en voz alta esa declaración? No lo sabía. Mejor callarse la boca. Se apretó más contra su cuerpo, y una sensación de dicha y somnolencia la invadió.

Una cosa tibia y pesada se hallaba sobre su pecho. Abrió los ojos y observó la mano que le sujetaba un seno. Miró por sobre el hombro y vio que Logan dormía como un tronco a sus espaldas, pasándole un brazo desde atrás. Se movió, y la mano que le sujetaba el seno se cerró.

—Ay, Logan.

Notó que él lanzaba un leve gemido y la apretaba

contra sí. Ambos cuerpos estaban amoldados uno al otro. Suspiró, llena de dicha.

—Buen día —saludó él en un murmullo.

Qué manera íntima de despertarse.

—Hola.

—No estabas por levantarte, ¿verdad?

—Bueno...

—Porque quiero que te quedes quietecita un rato más.

—De acuerdo. —¿Qué otra cosa podía decir?

Logan reaccionó con una risita contenida.

—Si fueras así de complaciente en el trabajo nos llevaríamos mucho mejor, ¿no es cierto?

Se dio vuelta bruscamente para mirarlo a la cara.

—Eres una basura, Wilde.

—Al contrario. Merezco una medalla de oro. Te tuve toda la noche mientras me abrazabas, te movías contra mi cuerpo, me enloquecías de deseo, y sin embargo te dejé dormir. Y aunque tenía ganas de despertarte y hacerte trizas, no lo hice.

Teresa sonrió.

—Te lo agradezco. Estaba muy cansada.

—Te advierto que lo más probable es que hoy no esté de muy buen humor. Soy un hombre frustrado.

—Valoro tu sacrificio.

Él le apoyó una mano sobre la cadera, y se borró de su rostro la expresión de broma.

—No fue un sacrificio, linda. Fue una delicia.

La forma que tenía él de decir las cosas siempre la hacía sentir vulnerable. Tenía un estilo franco y sincero, además de tierno.

—Ay, Logan, qué me estás haciendo.

—Yo podría preguntarte lo mismo.

—No sé lo que hago. Si crees que lo sé, estás equivocado.

—Yo creo que tampoco, pero sí sé lo que deseo.

—Dime qué deseas, Logan. —Sabía la respuesta antes de oírla.

—Te deseo a ti.

—Ya sé. Lo mismo digo.

Sonriente, la estrechó aún más.

—Me alegro, porque me agrada estar contigo, Tess. Me haces feliz.

Otra vez la franqueza. Teresa le besó el hombro para evitar mirar esos ojos, y notó que la aferraba con más fuerza.

—Ay, Tess, estoy cansado de contenerme. Te concedí una noche entera para reconsiderarlo. Ahora te voy a hacer el amor. ¿Seguro que eso es lo que quieres?

# Capítulo 7

El corazón le latía con tanta fuerza que estaba segura de que hasta lo podía oír. Era su última oportunidad de decir que no. En tal caso, él se iría, tal vez a disgusto, pero *se iría*. Cerró firmemente los ojos, analizó sus sentimientos y llegó a la innegable verdad: que no quería que se fuera. Deseaba hacer el amor. Abrió entonces los ojos.

—Seguro —aceptó en un murmullo.

Logan se incorporó y la miró. Se frotó los ojos para confirmar que no estuviera soñando. No, no soñaba. Ahí estaba ella en la cama, con el pelo desparramado sobre la almohada, deliciosa. El hecho de hacer el amor no lo ponía tan nervioso desde le época en que él mismo había tenido su primera experiencia. Se sacó la camiseta, la arrojó por ahí y se colocó a horcajadas sobre ella.

—Tengo miedo de que des una importancia especial a este acto por ser tu primera vez —dijo, sincero.

Sonriendo, Teresa le acarició el vientre.

—Ay, Logan, por supuesto que sí.

—¿Le darás esa importancia? —Justo lo que temía.

—Desde luego. Aunque no fuese mi primera vez yo querría que fuera algo especial porque será mi primera vez contigo.

Logan sonrió. Esa mujer le gustaba mucho.

—Lo único que quiero —dijo— es que disfrutemos uno con el otro...

—Sí, ya sé: sin ataduras —agregó ella, también sonriente.

Inclinándose, la besó suavemente en los labios; luego se rió.

—Me siento como esas etiquetas de advertencia que dicen: "Peligro. No abrir". Lo siento.

—No te aflijas, Wilde. Pese a que es mi primera vez, no soy una adolescente soñadora. No me voy a enamorar ni te voy a andar persiguiendo eternamente, si eso es lo que te preocupa.

La miró intensamente.

—Caramba, Tess, a lo mejor tengo miedo de ser yo el que caiga. ¿Qué haría entonces, eh?

Ella le acarició la cara.

—Sí, ¿qué harías?

La besó una vez más. Ya no quería seguir hablando. Haría cualquier cosa con tal de no dejar que eso sucediera. No quería compromisos serios en su vida. Lo único que quería era disfrutar del momento, e iba a empezar en ese mismo instante, con Tess.

Volvió a incorporarse hasta quedar sentado, le tomó las manos y las colocó sobre su pene erecto. Ella lo acarició, vacilante, por sobre la tela de los calzoncillos, mientras él observaba las expresiones que iban pasando por su rostro. La vio interesada, temerosa y entusiasmada, todo al mismo tiempo. Después, cuando su curiosidad exigió más, metió la mano adentro y lo tomó, causándole un sobresalto. Muy delicadamente hizo deslizar sus dedos sobre la erección, en un estilo exploratorio que lo llenó de ansias no saciadas. Él sabía que debía darle su tiempo para que se acostumbrara a ver y palpar cómo era un hombre, por lo cual trató de pensar en otras cosas. En el color beige de las paredes, en la textura del techo, *ay*, en el respaldo de madera de la cama, *ay Dios*.

Logan le cubrió las manos con las suyas y las retiró un instante. Se levantó del todo y se quitó los calzoncillos; acto seguido la levantó a ella para ayudarla a desvestirse. A medida que le quitaba el camisón iba besando también su delicado cuerpo. Comenzó por levantarle el pelo y besarle el cuello. Luego sus labios fueron deslizándose y aprendiendo el contorno hasta bajar a los hombros.

Al llegar a los pechos se demoraron, rozándola primero muy levemente. Después, cuando los capullos se endurecieron en su boca, fue moviéndolos con la punta de la lengua. Teresa gemía y le pasaba las manos por cuello y espalda. Cuando sintió unos mordiscos juguetones, apretó esos hombros con las yemas de sus dedos. Logan echó la cabeza hacia atrás, la miró y vio el deseo pintado en sus ojos.

—¿Estás bien, Tess?

Teresa lo atrajo contra sí.

—No; siento el cuerpo en llamas.

—Es que lo está —afirmó él, sonriendo. Con los dedos fue recorriendo los senos, arañando suavemente los pezones duros. Vio cómo ella inhalaba y contenía la respiración, y le agradó saber que le estaba causando ese placer torturante. Pero siguió adelante, y sus manos transitaron por el resto de ese cuerpo voluptuoso.

Por su parte, Teresa fue explorándolo también con las manos, tanteando cada centímetro de su cuerpo, levantando la vista para confirmar cómo reaccionaba en cada caso, y eso lo enloquecía, pues le quedaba un cosquilleo en la piel, como si lo hubieran untado con alguna loción mágica.

Tomándola por las nalgas, la apretó contra su ingle para hacerle sentir cómo lo había puesto. Los brazos femeninos lo estrecharon por la cintura, y los ojos de ambos se encontraron, y siguieron prendidos los unos de los otros, y las respiraciones jadeantes, los cuerpos tensos, los sentidos a flor de piel.

Incapaz de resistir más, la levantó y la depositó sobre la cama. Se ubicó sobre ella y la miró a los ojos una última vez para cerciorarse de que ella quisiera lo que estaba por llegar. Vio algo de temor en su expresión.

—¿Estás bien?

Teresa se dio vuelta para un costado, metió la mano en el cajón de la mesita de noche y sacó un preservativo. En el barco había comprado varios, por si acaso. Logan se lo puso.

—Hazlo lentamente; quiero que vayas muy despacio.

Logan sintió que le temblaban los brazos. Ojalá pudiera hacer lo que ella le pedía, se dijo. Se colocó entre sus muslos, y cuando la punta de su pene erecto rozó la humedad caliente de mujer, tuvo que respirar hondo para no introducirse con todos sus bríos.

Le dio un beso suave y comenzó el lento movimiento rítmico que, a cada instante, lo hacía penetrar un poco más dentro de las apretadas paredes. Sentir a Tess bajo su cuerpo le resultaba una maravilla. Llevó la cara hasta el tentador hueQuito que quedaba entre el cuello y los hombros femeninos. Apoyó los labios sobre la piel suave y húmeda. Quería hundir fuertemente la lengua, y con ella recorrer el trazado de la clavícula, pero esperó un momento, saboreando el placer de estar parcialmente dentro de ella. Inspiró, tembloroso, y sintió un aroma dulzón a fresas. *La fruta prohibida.* Ese pensamiento se le cruzó, fugaz, pero en el acto lo dejó de lado. Hundió su cara aún más en el pelo desordenado y volvió a inhalar. Entonces la penetró.

Sintió que el bello cuerpo lentamente lo abarcaba, haciéndolo entrar cada vez más hondo. Luego pudo sentir la resistente barrera. Ellos dos tenían que estar unidos. Jamás debía interponerse nada entre ambos. Tess sería suya, esa vez y para siempre. Sabía que en ese momento debía hacer movimientos más intensos y que eso a ella le haría doler, y el saberlo le produjo una enorme pena. Volvió a besarla lo más suave y tiernamente que pudo, y a continuación prosiguió los movimientos con que se fusionaron en uno solo. Teresa lanzó un gemido y se aferró de sus hombros.

Logan dejó de moverse y se maldijo de mil maneras. Algo tan maravilloso no debía causar dolor. Trataría, de ahora en más, de ser muy generoso con ella. Más que nunca se hizo el propósito de hacerla gozar.

—Tranquila, Tess —le susurró, mientras volvía a moverse pausadamente, corrigiendo su postura para producirle el mayor placer. Luego aumentó el ritmo y la besó con pasión. —Eres tan hermosa —le confesó al oído. Con la lengua le borró las lágrimas de la cara, y besó sus ojos. Con las manos trató de serenarla y excitarla a la vez, apretándola, acariciándola, adorándola.

Muy pronto oyó en ella una respiración pesada, y sonidos de placer que salían de su garganta.

—¿Va mejor, Tess?

—Sí... —Con las manos ella le acarició la espalda, y luego fueron a asentarse en sus nalgas, alentándolo a continuar.

Logan ya no daba más. Cerró los ojos procurando concentrarse sólo en ella, en ella y nada más. Le apretó los pezones, y al hacerlo la sintió soltarse con un movimiento espasmódico. Teresa levantó los brazos y se aferró de sus hombros. La besó entonces por toda la cara, alentándola a que se distendiera y disfrutara con la sensación. Entonces, con renovados bríos, llegó él también al paraíso, casi temeroso de la intensidad de los sentimientos que atravesaban su cuerpo.

No se movió después, pues no quería separar esa proximidad que habían compartido.

—¿Estás bien? —preguntó.

—Sí —admitió ella con voz queda.

La besó en la sien.

—En seguida me bajo.

—No tienes necesidad.

Se rió.

—En algún momento voy a tener que hacerlo. — Lentamente se incorporó, pero en el acto la estrechó en sus brazos. Lo desconcertaba enormemente comprobar todo el sentimiento que ella le inspiraba, experiencia inédita en él. Le acarició la espalda, preocupado por ella pero sin saber qué decir.

—Fue increíble —musitó Teresa por fin.

Una parte de él quería levantarse y huir cuanto antes de allí, y otra parte ansiaba seguir abrazándola, agradecerle que le hubiera permitido compartir una vivencia tan conmovedora.

Al pensarlo, advirtió que volvía a tener una erección. Ella también lo percibió y abrió los ojos como diciendo no, otra vez no.

—Discúlpame. Te deseo de nuevo, pero voy a esperar. Quiero darte tiempo para que te recobres.

Teresa le apoyó las manos en la cara.

—Estuviste maravilloso. Muy dulce, muy tierno.

—No se lo cuentes a nadie, ¿eh?

—De acuerdo —aceptó, divertida. Cerró los ojos y dio la impresión de que se quedaría dormida. Todavía era temprano. La gente de la casa se levantaría tarde, máxime si habían tenido que estar trabajando casi toda la noche bajo el embate del viento. Por eso, si Teresa quería dormir, se quedaría a su lado a hacerle compañía.

* * *

Cuando ella se despertó, Logan dormía profundamente. Estudió el apuesto rostro y notó que se ponía colorada. El escozor que sentía entre las piernas le recordaba dónde había incursionado él, dónde la había tocado y destruido en más de una manera. Se levantó y se dio una ducha. Al salir del baño envuelta en un toallón, lo vio sentado en la cama, apoyado contra el respaldo de la cabecera.

—Buenos días —lo saludó. Reparó en lo cauto que él se mostraba al esbozar una incierta sonrisa.

—Estás preciosa.

—Es que me siento muy bien.

—Me alegro.

Logan se levantó, bellamente desnudo, fue y le dio un beso tentativo.

—No me arrepiento, Logan. —Estar en sus brazos había sido tan maravilloso como lo imaginara. Encontró en él a un hombre fuerte y tierno a la vez, que le hizo el amor como si la adorara. No se podía pedir un mejor amante.

—Me alegro de eso también.

Ella apoyó las manos sobre ese pecho firme, y con las palmas sintió el corazón que palpitaba ahí debajo.

—Estuviste maravilloso.

—Y tú, una belleza total, Tess.

Teresa sonrió:

—¿Todo esto te hace sentir cohibido igual que yo? —dijo, con una sonrisa, que él retribuyó.

—Un poco. ¿Me toca a mí la ducha?

—Sí, adelante —respondió ella, corriéndose a un lado para dejarlo pasar.

Logan le dio un beso fugaz en el momento en que salía del cuarto. Se acabó la diversión, pensó Teresa, y trató de que la idea no la perturbara. Suspirando, lo miró irse. Logan tenía un tronco macizo y muy largo, que remataba en caderas angostas. Era muy apuesto. Le hacía acordar a esos músicos de rock delgados y sensuales que la hacían babear de chica cuando los veía en vídeos. Pero no era una simple imagen atrayente de televisión; era un ser de carne y hueso que se estaba adentrando en sus sentimientos, mucho más de lo que se atrevía a reconocer.

El agua hirviente le caía por la cabeza y la espalda, produciéndole una picazón en toda la piel. Notó que los músculos de la espalda se le ponían tensos cuando apoyó firmemente las manos sobre los azulejos del compartimiento de la ducha. La relación sexual con Teresa le había resultado fascinante.

El baño se había llenado de vapor y la piel se le estaba entumeciendo. Qué pena que el entumecimiento no pudiera penetrarle hasta el corazón, para que éste no latiera a un ritmo tan anormal. Se daba cuenta de que, en lo relativo a Teresa, últimamente tenía tan poco control sobre sus sentimientos como sobre su cuerpo. Abrió el agua fría para entibiar la lluvia.

Echó la cabeza hacia atrás y cerró los ojos. A lo mejor, si se quedaba un rato largo ahí, podría recuperar el autodominio. Teresa estaba empezando a obsesionarlo, sí, pero eso podía ser una cosa positiva. Ella le caía bien...*muy* bien. Entonces, ¿qué era lo que lo aterraba?

—¿Te falta mucho, Logan?

Abrió los ojos y miró a través de la empañada mampara de vidrio de la ducha, y vio que del otro lado se hallaba Teresa. Seguía envuelta en el toallón, y pese a la barrera que se interponía entre ambos, le pareció preciosa. De pronto tuvo ganas de reírse de sí mismo.

¿Le tenía miedo a ella, una mujer cariñosa y encantadora?

—¿Por qué no pasas?

—No, no. Yo ya me bañé, gracias. Tengo que maquillarme y arreglarme el pelo.

Contento, se enjabonó y enjuagó, y luego cerró el grifo. Salió entonces, la sujetó y le dio un beso.

—Cobarde —le dijo.

Teresa le hizo una caricia y rozó apenas sus labios, gesto que a él le hizo sentir nuevamente un tintineo en el corazón. La soltó, agarró una toalla, se frotó la cabeza y luego se la anudó a la cintura.

—¿Logan?

—¿Qué?

—Gracias por quedarte conmigo anoche.

—No tienes por qué. Yo quería hacerlo.

Teresa desvió sus ojos, pero se quedó inmóvil unos segundos más. Luego le dirigió una franca sonrisa y a continuación se puso frente al espejo. Él, por su parte, querría haber agregado algo más pues le dio la sensación de que ella lo esperaba, pero no sabía qué decir. Entonces se marchó, sintiéndose un tonto: acababa de hacerle el amor a esa mujer; sin embargo no sabía qué decirle.

En la mesa del desayuno, Logan se interesó por los hombres que habían salido durante la noche y preguntó por los daños que había causado el viento. Dos hombres resultaron con heridas pues, a causa de las ráfagas, se produjo un corte de energía eléctrica que les impidió ver los trozos de madera y otros restos que volaban hacia ellos. Se los llevó a la clínica de la zona. Los demás estaban exhaustos, con raspones y magulladuras, pero nada más.

—¿Tiene problema en que posterguemos las negociaciones hasta esta noche o mañana? Se lo pregunto
porque todavía nos queda mucho por limpiar y poner
en condiciones hoy, y tenemos que volver a salir.

Logan se encogió de hombros. Comprendía perfectamente la situación.

—Ningún problema. ¿Podemos acompañarlos?

—Desde luego. Con gusto.

Logan y Teresa fueron en un jeep con Manuel Pennetti a inspeccionar los corrales de las ovejas. Logan se
ubicó junto al conductor, y ella quedó sola atrás. No
había hablado mucho durante el desayuno, y en deter-
minado momento, cuando él se dio vuelta a mirarla, le
notó el rostro inexpresivo y los ojos vidriosos.

—¿Qué miras? —le preguntó.

No obtuvo de ella una reacción, pues al parecer no lo
oía. Entonces estiró un brazo y le tocó la rodilla, con lo
cual consiguió que ella le mirara la mano y luego la cara.
Cuando él le sonrió, Teresa respondió de igual manera.

Debido al movimiento del jeep, y al viento aún intenso que sacudía el vehículo, era muy difícil conversar,
por lo cual volvió a mirar hacia adelante. Vieron a hombres a caballo que, ayudados por perros, seguían empu-
jando a las ovejas hacia lugares cerrados, mientras otros
levantaban tablones de madera y reparaban cercos.

Pennetti detuvo el jeep y se bajó de un salto. Logan
fue tras él, pero antes le ofreció una mano a Teresa
para bajar.

—Yo ya voy —dijo ella, pero se quedó en el jeep mirándolos alejarse. Reclinó el asiento, feliz de sentir las
ráfagas de viento frío que recorrían su cara. En esa
zona, la geografía era inhóspita pero hermosa. A lo
lejos se divisaban los picos nevados de los Andes. Qué
pena que Logan y ella no se hallaran allí en distintas
circunstancias.

Lo cierto era que habían ido a trabajar. Les había seducido el viaje en barco semejante a unas vacaciones, y luego esa estancia donde los trataban como a verdaderos huéspedes. Desde que salió de su casa, pensó Teresa, se dejó guiar por sus emociones y deseos, y en consecuencia tuvo un comportamiento desusado. Algo le decía que pagaría muy caro ese desliz.

Ojalá pudiera estar ahí su hermana así podía comentarle sus sentimientos, pero aunque estuviera allí, lo más seguro era que no le hubiera dicho nada. ¿Qué podía decirle? ¿Acepté tener una relación impersonal con un compañero de trabajo pero estoy empezando a tener sentimientos que nada tienen de impersonal? No, no se lo podía contar a nadie. Lo que tenía que hacer era dejarse de ridiculeces, llevar a buen término las negociaciones, volver a su país y ocuparse de sus otras cuentas.

Observó cómo los hombres reparaban los cercos destruidos, clavando las tablas de prisa. Alrededor del mediodía regresó al casco de la estancia y pidió a los cocineros que prepararan algo de comer para los hombres. Cargó también agua y vino, y regresó para entregarles los alimentos. Logan se sentó a su lado sudoroso, sucio, con un aspecto increíblemente seductor. Trató de no mirarlo demasiado.

—Señor Pennetti...

—Manuel, por favor.

—Manuel, tenemos que conversar sobre la compra de lana. ¿Puede ser esta noche?

—Sí. Logan y yo ya estuvimos hablando sobre el tema. Creo que hemos llegado a un acuerdo.

Teresa echó un vistazo a su compañero y éste sonrió, sin dejar de comer su sándwich de carne.

—Entiendo. Bueno, entonces esta noche podemos ponerlo por escrito.

—Muy bien, señorita.

No le preguntó a Logan de qué habían hablado, suponiendo que él se lo contaría después, en privado. Al ver una expresión ceñuda en el rostro de Juan Carlos, comprendió que él tampoco estaba al tanto de lo conversado entre Manuel Pennetti y Logan Wilde.

# Capítulo 8

Después de almorzar, Teresa desapareció. Tomó el jeep y enfiló hacia la estancia. Logan, por su parte, regresó a terminar la reparación de los corrales. Si bien estuvo el día entero rodeado por otros hombres, sus pensamientos se centraron sólo en Teresa. Al concluir el trabajo del día, su único deseo era volver pronto a su habitación, darse un baño e ir a verla.

Golpeó a su puerta a modo de advertencia antes de abrir y mirar adentro.

—¿Tess?

La encontró sentada con las piernas cruzadas sobre la cama, mirando la pantalla de su computadora portátil.

—¿Sí? —respondió ella sin levantar la vista.

Entró, sintiendo cierto dolor en todos los músculos de sus piernas y su espalda. Hacía mucho tiempo que no realizaba un trabajo físico tan intenso. La ducha caliente le había servido para quitarse un poco la tensión, pero seguramente el malestar le iba a durar varios días.

Se plantó junto a la cama esperando que Teresa levantara la vista, pero no lo hizo.

—¿Te interrumpo?

—Sí.

—¿Sí?

Ella levantó la mirada distraídamente y negó con la cabeza.

—No, perdón, no. Hice una gráfica con el largo, la resistencia y el diámetro promedio de las fibras comparados con los datos estadísticos que suministra la Asociación Americana de la Industria Ovina.

Se sentó al lado de ella en la cama, apoyando el peso del cuerpo sobre su cansado brazo. ¿Así que eso era lo que había estado haciendo el día entero?

—Mira —dijo Teresa, señalándole la pantalla.

Logan estudió los coloridos gráficos. Caramba, qué precisa era en su trabajo.

—¿Cuál es la desviación estándar?

—Tres coma siete micrones.

Logan hizo un gesto de asentimiento y siguió admirando su perfil. Ella se había puesto unos anteojos de leer caídos sobre la nariz, y fruncía levemente el entrecejo. Estaba con la cara lavada. Sus labios eran generosos y tentadores como siempre. Pero ni siquiera se daba cuenta de que él estaba a su lado. Lo tomaba como una persona cualquiera con quien estuviera haciendo un negocio.

—No está mal, ¿eh? —dijo, e inclinó la cabeza hacia un lado.

—No, nada mal —convino él, escudriñando esos ojazos castaños.

Teresa le mantuvo unos instantes la mirada; después sus ojos, cual rayos láser, recorrieron los labios masculinos, el mentón, el pecho que se veía por la camisa abierta, y bajaron hasta los pantalones. La sangre que recorría ese cuerpo cansado avivó algunas de sus partes con renovadas energías. Sorprendida, levantó en el acto la vista.

—¿Cómo te fue a ti por allá?

Ya era hora de que ella reparara en su presencia.

—Estoy agotado.

Teresa volvió a bajar la vista, pero esta vez con el propósito expreso de no mirarlo.

—Estoy segura de que valoraron tu ayuda. ¿Te parece que imprima este informe para la reunión?

Logan la tomó de la muñeca y le acarició la suave piel interior.

—No, no te levantes.

Ella miró la mano que la sujetaba y volvió a observarlo a él. Respiró hondo.

—Hoy llamé a Edward. Le avisé que esta noche vamos a cerrar trato y que probablemente estaríamos de vuelta la semana que viene.

Logan sintió que el corazón le daba un vuelco. ¿Qué pasaba? ¿Por qué había vuelto a ponerse en empresaria? Lamentaba no haberle dicho algo más esa mañana, no haberla tenido más tiempo abrazada, algo.

—No tendrías que haberlo hecho.

Teresa se soltó.

—Me pareció que él debía saber cómo nos iba. Se quedó contento.

—Tú no sabes cómo se presentarán las negociaciones. A lo mejor tenemos que quedarnos más tiempo.

—El único vuelo que hay para irse de aquí en la próxima semana y media es dentro de dos días. Tenemos que haber terminado para entonces.

Logan reparó en la expresión firme de ese rostro. La notó rígida, salvo los labios, que nunca parecían tensos sino exuberantes, dulces.

—¿Qué apuro tienes, Tess?

—Tenemos que concluir lo que vinimos a hacer, así podemos regresar a ocuparnos de las otras cuentas, eso es todo.

Sí, claro, pero eso no era en absoluto todo.

—No vendría mal quedarnos un poco más y controlar bien las cosas. Una vez que firmemos en la línea de puntos, se acabó; ya estamos trabajando juntos.

—Por eso es que me pasé el día haciendo pruebas y análisis de calidad.

Logan sonrió. Era evidente que estaba decidida. Faltaba averiguar si lo hacía para huir de él. Era una mujer sincera; si se lo preguntaba, seguro que le diría la verdad.

—Tienes razón. Ya podemos sentarnos a negociar.

Ella asintió, y sus labios se curvaron formando algo que quiso ser una sonrisa.

—¿A qué hora?

—Pennetti dijo que después de cenar.

—Bueno.

—Y ahora, Tess, hablemos de nosotros.

—¿De nosotros? —Parecía una de las ovejas atemorizadas que había visto esa tarde.

Su reacción lo molestó. A lo mejor estaba tan asustada como él. Tal vez estaba experimentando sentimientos demasiado profundos. Los sentimientos en sí no eran preocupantes, pero él no quería complicar la relación. Al fin y al cabo eran compañeros de trabajo. Podían estar juntos, divertirse, pasarlo bien, pero no iniciar una relación formal que sólo les traería problemas.

Así y todo, no pudo contenerse. Levantó la mano, le acarició la nuca y besó esos labios que había estado mirando desde que entró en la habitación.

—Nunca me canso de estar contigo —reconoció.

Ella lo miró, con cara de que en cualquier momento podía largarse a llorar.

—Pero desearías que no fuera así, como vi hoy en tus ojos. Querrías no desearme.

Eso no era cierto. No le molestaba desearla. Pero la entendía perfectamente, y la apreciaba demasiado como para jugar con ella. La soltó.

—No. Lo único que quiero es estar contigo, conversar, mirarte, hacerte el amor. Es verdad, Tess: no quiero eso en absoluto.

Teresa, que lo miraba fijamente, desvió la vista. Apagó la computadora y la cerró. Descruzó esas piernas sedosas color café y las bajó por el costado de la cama.

—Entonces mejor que hoy terminemos todo así podemos volvernos.

—Tess. —Se puso de pie, sintiéndose muy mal. No quería herirla.

Teresa dejó la computadora sobre un escritorio, se dio vuelta y lo miró sonriente.

—No, por favor. Tengo la impresión de que vas a pedirme perdón, y no tienes nada de qué disculparte. Valoro mucho nuestra amistad y hasta agradezco que hayamos podido trabajar juntos.

Logan se restregó la parte posterior del cuello.

—No iba a disculparme. —Se le acercó y entrelazó los dedos de ambas manos en su pelo—. Iba a decir que, si bien no quiero sentir estas cosas por ti, las siento. Cuando estoy contigo, siempre quiero tenerte más, no menos.

Ella introdujo las manos por la camisa abierta, unas manos suaves y cariñosas que fueron deslizándose sobre sus costillas. La caricia sobre la piel desnuda lo deleitó. Rozó entonces esos labios levemente, como para sentir el aliento cálido en su propia boca. Él le llevaba una cabeza de estatura, cosa que le encantaba pues la obligaba a estirar ese hermoso cuello para besarlo.

Las manos femeninas recorrieron la espalda, los

músculos que unas horas antes se quejaban del trabajo agotador. Ahora, en cambio, esas manos le producían un efecto casi curativo. Como ella se había acercado más, la besó con más intensidad. Acarició sus labios mientras ella lo acariciaba en la espalda. Se apartó un instante; después, con la lengua fue siguiendo el contorno de esos labios pródigos y encarnados.

—Ay, Logan —suspiró.

Luego él aplastó esa boca con la suya, volcando en un beso toda la pasión contenida en su interior. Teresa sintió la lengua que recorría su boca, y devolvió el beso con la misma intensidad.

Logan no quería dejar de tocar nunca a esa mujer. La tomó de los hombros y fue llevándola hacia atrás hasta chocar con el escritorio, pero ella protestó, y con las manos hizo resistencia. Levantó entonces la cabeza y la miró a los ojos.

—Como te dije, no puedo contenerme.

Teresa se tocó sus propios labios y movió la cabeza de uno a otro lado.

—Vete, por favor. Tenemos que prepararnos para la reunión, y no puedo pensar cuando te tengo cerca.

Logan sonrió. Con esa mujer sentía un afán posesivo como con ninguna otra.

—Entonces voy a tratar de no alejarme nunca.


Lo que menos podía decirse de Tess en esas circunstancias era que estuviera distraída. Fiel a su reputación de tigresa, cuando se cerraron las puertas de la biblioteca y comenzaron oficialmente las negociaciones, persiguió a su presa con actitud implacable. Explicitó el plan de Penguin, cómo proyectaba la empresa los nuevos productos de lana y qué papel debería cumplir en el futuro la estancia El Gaucho.

Pennetti estaba anonadado. Logan, por su parte, cruzó las piernas y la observó actuar. Sin embargo, Juan Carlos no parecía afectado en lo más mínimo. No bien ella terminó de exponer, se inclinó hacia adelante y le preguntó directamente a Logan:

—¿Usted está de acuerdo con Teresa?

—Desde luego —respondió sin vacilación. Siempre hay que presentar un frente unido.

Juan Carlos asintió.

—Ya me parecía —dijo—. Después de que Teresa y yo conversamos sobre este tema, me reuní con mi padre y...

—¿Qué es eso de que ya lo conversaron con Teresa? ¿Cuándo fue? —Logan miraba de Juan Carlos a Teresa.

El muchacho le devolvió una sonrisita de satisfacción.

—¿Quiere decir que ella no se lo dijo? Bueno, fue hace unos días, la noche en que usted fue a buscarla al galpón de esquila.

Tess parecía apenas molesta.

—Intercambiamos opiniones sobre los beneficios que obtendría la estancia si Penguin decidiera hacer trato con ellos, nada más.

Logan le transmitió con una mirada toda la furia que sentía. Luego volvió su atención a Juan Carlos, temiendo que él ahora hubiera quedado en una posición más ventajosa.

—¿Y usted coincidió con los conceptos de mi compañera?

—Teresa es una mujer muy inteligente.

Le produjo un enorme fastidio el tono íntimo con que la nombraba. Tendría que decirle "señorita Romero", pero Logan no pensaba corregirlo.

—Ya lo creo.

—Sabe que a través de una empresa competente como la nuestra puede conseguir toda la materia prima que necesita para sus nuevos productos. También sabe que puede obtenerla a un precio tan barato que sea como un robo.

Logan se encogió de hombros.

—Estamos dispuestos a ofrecerles un trato justo.

Juan Carlos meneó la cabeza.

—Para nosotros no lo es. Empezarán a plantearnos exigencias que nos obligarán a amoldarnos a la forma de comerciar que tienen ustedes, y terminarán siendo nuestros dueños.

—Seremos su mayor cliente —convino Logan.

—Sí, y quedaremos ubicados en una posición de dependencia. No podremos abastecer a otros clientes al mismo tiempo, de modo que estaremos clavados con ustedes como único comprador. En definitiva, se adueñarán de nosotros.

Logan le preguntó a Teresa:

—¿Dónde está nuestra oferta? —Ella le entregó un papel, y él leyó. Se trataba de un pago monetario justo a cambio de ciertas condiciones que debía cumplir el proveedor. Juan Carlos tenía razón en algo: que Penguin les exigiría producción y entrega en determinados plazos. Si Pennetti asumía otros compromisos, tendría que arreglárselas para realizarlos entre un envío a Penguin y otro.

—Esto es lo que ofrecemos, señor Pennetti —dijo Logan, dirigiéndose al mayor de la familia—. Si le parece que es demasiado y no van a poder cumplir, comprenderemos. Necesitamos de su parte una lealtad y cooperación totales. Si considera que eso es adueñarnos de ustedes, tal vez Penguin sea una cuenta demasiado grande y que no la puedan aceptar.

—No se ofenda con mi hijo, señor Wilde. Él quiere lo mejor para la familia.

—Supuse que eso lo queríamos todos.

—Tal vez —repuso el anfitrión con una sonrisa—. Pero yo respeto la opinión de mi hijo. Lo que tenemos que decidir es si nos conviene tener un solo cliente muy grande o muchos pero pequeños. Lo conversaremos, y dentro de uno o dos días les damos la respuesta.

—Dentro de dos días nos vamos —anunció Teresa, con cara de sentir el mismo desagrado que Logan frente al giro que habían tomado las negociaciones.

—Bueno, entonces mañana.

Teresa salió detrás de Logan, sabiendo que él le iba a recriminar el haber hablado con Juan Carlos antes de que se iniciaran las conversaciones. Le echaría la culpa por el fracaso de esa noche, y tendría razón.

Logan subió la escalera de a dos peldaños sin fijarse siquiera si ella venía detrás. Entró en su cuarto y cerró con fuerza la puerta. Teresa se quedó un instante en el pasillo, sin saber si debía seguirlo, o no. Por último decidió que necesitaban hablar, pensar la siguiente estrategia. Abrió la puerta y lo encontró parado frente a la ventana en la oscuridad, con las manos apoyadas sobre las caderas.

—¿Logan? —Pasó y cerró la puerta.

Con un movimiento tan rápido que no le dio tiempo ni siquiera de sentirse espantada, Logan golpeó la palma de la mano contra la pared.

—Ese maldito y pedante hijo de puta... Sabía que nos iba a traer problemas.

Teresa se atrevió a adelantarse un paso más.

—Nos quiere hacer creer eso que dice. Quiere dejarnos descolocados, así le ofrecemos lo que él pretende.

Cuando Logan se dio vuelta, su rostro parecía esculpido en piedra, pero la nuez de Adán le subía y bajaba convulsivamente.

—Nos vamos de aquí, Tess. No puedo confiar en ese sinvergüenza.

—Logan...

—Se acabó.

—¿Estás loco? Cuando vean que no nos echamos atrás y que les hemos ofrecido un trato justo, aceptarán. Son las reglas del juego. No se puede desistir tan fácilmente.

Logan se aproximó, con una expresión algo más suavizada. Le acarició el costado de la cara con el dorso de los dedos.

—En circunstancias normales sí, es lo habitual, pero este asunto siempre me trajo mala espina. Juan Carlos no nos quiere. No podemos firmar contrato con una persona así.

Teresa procuró no prestarle atención al temblor que esas caricias le producían en el estómago.

—No le gusta la tendencia argentina a vender sus empresas e industrias a extranjeros.

Logan frunció el entrecejo.

—No le veo sentido —comentó.

—Sí, ya sé, pero eso es lo que me dijo. Perdóname; es culpa mía. Tendría que haberte comentado lo que conversamos aquella vez.

La miró sin parpadear.

—Sí, tendrías que habérmelo dicho.

Pero su mente estaba ocupada con Logan. Se miró los pies.

—Dios mío, arruiné todo. Ese tipo utilizó lo que

conversamos para convencer al padre de que no le convenimos.

Logan le tomó la mano entre las suyas y le acarició la parte interior de la muñeca.

—Y por eso precisamente no queremos iniciar una relación comercial con él. Tú no hiciste nada de malo.

Teresa inclinó la cabeza y lo miró de soslayo. Apenas unos días atrás, seguramente la habría reprendido con firmeza ante el menor error de su parte.

—¿Qué va a decir Edward Reed si volvemos sin la cuenta?

Logan interrumpió la caricia, la sujetó de la muñeca y la atrajo contra su cuerpo tibio, mientras con la otra mano la tomaba de la otra muñeca. La colocó frente a sí y la miró con una expresión seria.

—No le va a gustar nada. —Luego inclinó la cabeza como para poder darle pequeños besos en el mentón, y soltó un suspiro tembloroso junto a su oído.

—No te preocupes, linda. Cumplimos con nuestro trabajo.

Teresa cerró los ojos y apretó su mejilla contra la de él, disfrutando con el aroma a jabón de su piel. Cuando sus labios se rozaron, abrió los ojos y estudió ese atractivo rostro.

—¿Eso hicimos? ¿Cómo?

—Practicamos una investigación exhaustiva y llegamos a la conclusión de que a Penguin no le conviene entablar relaciones comerciales con Pennetti —afirmó Logan con mucha más convicción de la que sentía ella.

Le daban ganas de llorar. Nunca le había gustado perder. Todo parecía ir sobre rieles. Entonces, ¿a qué se debía el fracaso? Miró la boca de Logan. Ninguno de los dos había tenido un desempeño excelente. Se habían distraído, tuvieron una actuación poco profesional e iban a perder la cuenta. Lo miró a los ojos.

Sujetándole aún los brazos, Logan se los llevó hasta la espalda; luego la estrechó fuertemente y la besó de una manera salvaje, casi dolorosa. Para ella fue una delicia sentirse maniatada mientras respondía el beso. Luego él le soltó las muñecas, la tomó de las nalgas y la apretó contra la dureza que despertaba bajo sus pantalones. Ella lo aferró con fuerza de la misma manera, experimentando desenfrenados sentimientos eróticos. Los sugestivos movimientos masculinos le producían un profundo acaloramiento interior.

—Logan —atinó a musitar—. No podemos...

—Shh. —Lentamente fue aflojando la presión. Tenía la respiración pesada, pero por lo demás estaba totalmente quieto. Cuando su respiración volvió a la normalidad, la soltó—. Mañana, cuando les digamos que no hacemos tratos, supongo que me vas a apoyar.

Teresa, que no quería perder el negocio, creía que aún quedaban esperanzas, que se podían solucionar los problemas. Juan Carlos cedería, pues lo único que pretendía era conservar algo de poder. Debido al machismo que llevaba adentro, quería creer que las cosas se habían solucionado a su favor. El hombre argentino compartía con sus pares mexicanos esa necesidad de torcerle el brazo al contrincante con tal de salvar las apariencias.

—Estás exagerando en tu reacción, Logan. Dales una oportunidad.

—Caramba, Tess. Necesito tu...

—Bueno, de acuerdo —se apresuró a aceptar—, te respaldaré. —A lo mejor, *todos* los hombres padecían del mismo machismo. Pero no estaba dispuesta a discutir con él en ese momento—. Dime lo que quieres que haga.

El sonrió.

—Que te des por vencida, nada más, Tess. Habrá otras cuentas.

Se sentía profundamente desilusionada. Comprendía que no iba a recibir ni un centavo de comisión, y por lo tanto no podría ayudar a sus padres.

—Ya sé —dijo, pero no estaba tan segura.

Logan le vio en los ojos que se echaba la culpa a sí misma, y si bien él creía que había sido un gran error hablar con cualquiera que no fuera Pennetti, no tenía sentido decir nada que la hiciera sentir peor. Además, Juan Carlos ya tenía resuelto no venderle a Penguin mucho antes de que ellos llegaran ahí. Qué pena que no se lo hubiera dicho a su padre antes de que Penguin invirtiera tanto tiempo y dinero haciéndolos viajar hasta esa región.

—Vamos —dijo, tomándola de la mano.

—¿Adónde?

—¿Todavía tienes las llaves del jeep?

—Sí, pero...

—Bueno, vamos a dar una vuelta.

—Ya es más de medianoche.

Logan sonrió. Empezaba a gustarle el hecho de que le cuestionara todo. Ese rasgo de su personalidad la hacía distinta de las demás mujeres, que se desvivían por complacerlo en todo sentido.

—Es verdad. Por suerte anoche quedaron suficientes linternas en el jeep.

Teresa estaba exhausta, desalentada, y sin ganas de recorrer la desierta Patagonia en mitad de la noche, pero así y todo decidió hacerle caso a ese loco. Desde que emprendiera viaje había estado haciendo cosas que jamás había soñado hacer, y debía reconocer que cuando estaba con Logan no se aburría ni un minuto.

Subieron al jeep, y Logan se puso al volante. Felizmente esa noche no corría viento. Enfilaron hacia una montaña lejana.

—¿Me vas a decir adónde vamos?

Movió la cabeza de un lado a otro y le obsequió una sonrisa simpática.

—No, para que vivas el suspenso.

La noche era muy bella. Teresa echó la cabeza hacia atrás y admiró el cielo abierto, aterciopelado, donde ni una nube entorpecía la visión de un firmamento glorioso, tachonado de estrellas. De inmediato se sintió insignificante en medio de semejante inmensidad, llena de un pavoroso sentido de pertenecer a algo muy superior.

Logan giró bruscamente a la izquierda y le hizo volver a prestar atención al punto de destino. Cuando estuvieron en la montaña, detuvo el vehículo.

Teresa miró nerviosa en derredor.

—¿Ya llegamos?

—Sí. Toma un par de linternas.

—Esto es medio tétrico.

—No te aflijas, que yo te protejo —acotó él, riendo. La tomó de la mano, y juntos bajaron por un sendero próximo a la pared rocosa.

—Vamos Logan. Volvamos, que tengo miedo.

Sin prestarle atención, él se introdujo en algo que parecía una caverna. Teresa se imaginó que adentro habría todo tipo de cosas, desde animales tales como murciélagos y tarántulas hasta seres imaginarios como gnomos de tres cabezas.

—¿Qué diablos hacemos aquí?—preguntó, temblorosa.

—Ésta es la cueva de Chávez. Los hombres me hablaron de ella el otro día. Dicen que adentro hay pinturas rupestres.

—Maravilloso. Quiere decir que estoy arriesgando mi vida en una cueva oscura y húmeda para ver unas piedras grabadas.

Logan le pasó el brazo por la cintura y le besó el cuello, produciéndole un tipo distinto de escalofrío por el cuerpo.

—Tranquilízate, Tess. Esto se supone que es una diversión.

—Hasta ahora no me divierto nada.

—No te va a pasar nada malo, te lo prometo. ¡Mira! Apunta por aquí con la linterna.

La soltó e iluminó una pared llena de aves amarronadas con aspecto de avestruces, impresiones de manos rojas y algo que parecía ser un blanco para dardos, todo lo cual resultaba un tanto escalofriante. Le apoyó una mano en la nuca.

—Impresionante, ¿no? —dijo.

Ella asintió. Alguna vez había visto pinturas rupestres, pero nunca a medianoche, con un hombre que añadía brillo a todo lo que hacía. El corazón comenzó a latirle aceleradamente.

—Los peones de la estancia contaron que a la gente de esta zona le gustaba hacer estas pinturas de manos. Casualmente un poco más al norte hay otra caverna llamada la "Cueva de las manos pintadas" porque tiene centenares de estas imágenes de manos.

—Me pregunto qué significarán.

—Quién sabe.

Salieron a la noche tomados de la mano. Teresa no dejaba de maravillarse ante los distintos aspectos de la personalidad de Logan. A veces daba fastidio verlo indiferente con el trabajo, y a los dos minutos adoptaba una actitud tan competente que la desconcertaba. El hecho de llevarla a ver esas pinturas solos, a la noche, con linternas, era otra faceta suya que le entusiasmaba.

Subieron de nuevo al jeep y enfilaron hacia un lago próximo. Estacionó cerca de la orilla, apoyó los pies en el tablero y se recostó en su asiento. La luz de la luna era tan intensa que parecía un reflector.

—Gracias.

Logan entrelazó las manos y las puso detrás de su cabeza. En esa posición, se dio vuelta para mirarla.

—No quiero que lo último que te lleves de aquí sea un negocio frustrado. Es una cuenta, nada más; no es el fin del mundo. Tomas demasiado en serio la vida.

—A ti también te tiene molesto, no lo niegues.

—Sí, claro. Creo que Juan Carlos es un imbécil, pero trabajaremos con algún otro. No es más que un contratiempo. —Un contratiempo caro, pensó ella, y se recostó contra él. Cuando Logan la acomodó en el hueco de su brazo, apoyó la cabeza en su hombro—. Pero lo más importante es esto —agregó, besándola en la sien.

Permanecieron ahí juntos, contemplando el lago, las estrellas y la luna. Si fuera por Teresa, se quedaba así eternamente.

Logan empezó a besarle la oreja, la cara, el cuello, mientras ella dejaba escapar un suspiro e inclinaba la cabeza para unir sus bocas. Luego se separó, con expresión amilanada.

—¿Por qué yo, Tess? —preguntó.

Ella no supo a qué aludía.

—¿Por qué *qué*?

—Esperaste tantos años para que llegara el hombre indicado, y después vas y haces el amor conmigo. ¿Por qué?

*Porque eres el hombre indicado.* No pronunció esas palabras pues sabía que él no las quería oír.

—No era mi intención esperar tanto tiempo. Sucedió, no más. —Él jugueteaba con su pelo, y eso le impedía concentrarse.

—Cuesta creerlo.

—He salido con muchos muchachos, pero nunca fue una relación seria. La mayor parte del tiempo la pasé estudiando o trabajando. Y a medida que me iba haciendo más grande, se me hacía más difícil irme a la cama con alguien.

La mano masculina dejó su pelo y se dedicó a seguir el contorno de su oreja muy lentamente.

—No eres del tipo de chica que tiene relaciones sexuales intrascendentes con cualquiera, reconócelo.

En efecto, no lo era. Cuando por fin se decidió a hacerlo, entregó el corazón además de la virginidad. Levantó la mano y hundió los dedos en su pelo sedoso.

—No reconozco nada, Wilde. —Demasiado vulnerable se sentía ya con él.

Los dedos fueron deslizándose por el mentón hasta los labios. Con ojos reconcentrados, fue reconociendo cada arruguita, cada pequeña mancha del rostro femenino. Teresa se sentía totalmente descubierta ante él. No necesitaba reconocer nada. Todo estaba ahí, para que él lo viera. Logan le hizo inclinar la cabeza como si fuera a besarla, pero se quedó quieto, muy cerca, sin rozar sus labios. Levantó los párpados, y sus ojos castaños trabaron contacto con los de ella.

—Yo no tengo problema en reconocer que me encantó hacerte el amor por primera vez, Tess. —Desde atrás sacó la otra mano y se la apoyó en el vientre, produciendo una sensación ardiente en la sensible piel femenina—. Me gustó ser el primer hombre que te tocó de esa manera. Me encantó que sintieras deseo y placer cuando me tenías adentro.

La respiración de Teresa se había vuelto despareja. Ya no podía mirarlo de frente. Cerró los ojos y volvió a apoyar la cabeza sobre su hombro.

—Me gustó mucho que todo te resultara nuevo —continuó susurrándole al oído. Sus dedos bajaron hasta el vientre, le abrieron el pantalón y lentamente se introdujeron dentro del calzón—. Reconozco que me encantó seducirte y hacerte perder el control. —La acariciaba en su punto más sensible a un ritmo enloquecedor. Teresa no sabía que otro ser humano pudiera producirle un placer tan exquisito tocándola. Lo que él hacía era llevarla hasta el límite mismo del frenesí y luego se detenía, haciéndola clamar interiormente por la satisfacción total. Sacó del bolsillo un preservativo y se lo puso muy despacio, mientras ella lo observaba fascinada. Luego la ayudó a quitarse los calzones y le enseñó a ubicarse encima de él, guiándole con ambas manos las caderas. El complaciente cuerpo femenino lo recibió en su interior, haciéndole lanzar el gemido más sensual que ella hubiera oído jamás. Esta vez no hubo dolor sino sólo placer, para ambos.

—Creo que lo que más me gustó fue que te entregaste a mí tan incondicionalmente —admitió Logan, entre jadeos.

El éxtasis de los movimientos del amor fue en aumento hasta que ella de pronto se sintió desfallecer y quedó exhausta, floja, sobre el cuerpo masculino. Estaba como en una nube, casi sin poder levantar la cabeza.

Logan le acariciaba metódicamente la espalda con ambas manos, bajo la blusa.

—Ay, Tess...

Teresa esperaba que agregara algo más. Cierto era que él había hablado mucho, pero todavía no había dicho lo que le quería oír. Necesitaba que le expresara algo tierno, y se daba cuenta de que él quería hacerlo. Ella misma sentía algo raro dentro de su pecho.

—Logan, fue maravilloso. —Levantó la cabeza, y al mirarlo a la cara, le vio una expresión sombría, desconocida.

Él la aferró de los brazos y la echó hacia atrás.

—Reconócelo —dijo—. Admite que para ti el acto de amor es algo muy especial. Por eso esperaste tanto.

Quiso acariciarlo en la cara, pero tenía los brazos inmovilizados. ¿Por qué querría hacerle confesar algo que no quería oír?

—Decidí hacer el amor *contigo* porque eres bueno y sincero, porque me das tranquilidad. Me haces reír, eres sensual y me excitas. Tuve relaciones *contigo* porque me hiciste sentir deseosa, ¿entendido?

Logan la hizo bajar y comenzó a sacarle la ropa que aún le quedaba.

—¿Qué haces?

—El agua de ese lago está fría, pero te va a encantar la sensación. Vamos.

Entraron juntos en el agua helada, pero pudieron quedarse allí apenas unos minutos. Ella salió tiritando, pero renovada. Rápidamente Logan la envolvió con su propia camisa y la llevó al asiento trasero del jeep. Se ubicó encima, y ella comprendió que tenía intenciones de poseerla de nuevo. Vio que estaba erecto como si no se hubiera acostado con nadie en muchos días. Entonces lanzó un suspiro. Ese hombre era una preciosidad.

—Bueno, bastante bien —dijo él, y Teresa se dio cuenta de que se había acabado el tiempo de las palabras.

Logan hacía el amor con naturalidad, como hacía todo, y eso la ponía serena. Por eso ella se permitía tocarlo, ir conociéndolo y conociéndose a sí misma, sin pudores. Con otros a lo mejor se habría sentido tímida, quizás hasta avergonzada de buscar una gratificación con tantas ansias como lo hacía, pero con Logan, no. Era un hombre que encaraba todo, incluso el acto de amor, como si tal cosa. No tenía un plan, un orden prefijado; hacía lo que le surgía naturalmente, y la alentaba a que ella hiciera lo mismo, con un único objetivo: el goce.

Se quedaron cerca del lago hasta que salió el sol, dos horas después. Teresa estaba agotada, pero había pasado la noche más maravillosa de su vida ahí a la intemperie, con Logan, y no la cambiaba por nada. Ni siquiera por horas de sueño.

Sentados en la orilla, por primera vez vieron en el agua en unos animales parecidos a patos. No había ni un alma en derredor.

Logan se inclinó y la besó en el costado del cuello, en un gesto sumamente tierno y cariñoso.

—Lo pasé muy bien —confesó, y dándose vuelta, quedó acostado, apoyando la cabeza sobre su falda.

Teresa lo peinaba con los dedos.

—Yo también.

—Teresa.

—¿Qué?

—Contabas con la comisión que ibas a recibir por este contrato para ayudar a tus padres, ¿verdad?

La pregunta era tan inesperada, y estaba tan lejos de sus pensamientos en ese instante, que dejó de mesarle los cabellos.

—¿Quién te contó?

—Nadie. Lo supuse.

—Mis padres tienen un gran orgullo —dijo, posando sus ojos en los animales del lago—, y no aceptan que les regale dinero. Por eso, oficialmente les voy a "prestar" una suma para que puedan saldar la mitad de la deuda el mes que viene. Y con eso sólo aliviarían un poco el problema. Pero parece que no voy a poder cumplir mi promesa. A lo mejor saco un préstamo para pagar el de ellos.

—Es una buena idea. Te presto yo.

Bajó la mirada y contempló la cabeza que tenía apoyada sobre la falda.

—¿Tú?

—Te presto el dinero, sin intereses.

Reaccionó haciendo gestos de negación.

—No, de ninguna manera. No puedes darme...

—No te voy a *dar* el dinero sino a prestártelo.

Estaba por volver a protestar, cuando de pronto él levantó las manos y le apretó la cara de ambos lados, obligándola a que lo mirara.

—Eres amiga mía, y a mí me gusta ayudar a los amigos. Además, sé dónde trabajas. No hay posibilidades de que te escapes con mi plata.

—Me parece que no corresponde.

Logan le soltó la cara y sonrió.

—Tampoco corresponde que tus padres vayan a la quiebra y tengan que cerrar el local. Acepta el dinero, Tess. Yo ahora no lo necesito.

Unas lágrimas se agolparon a sus ojos.

—No sé qué decir. "Gracias" me parece poco.

—A mí me basta.

Con los dedos recorrió el contorno del mentón masculino, de su frente.

—Eres demasiado bueno.

El rostro de Logan denotaba una mezcla de emociones. Vio en él pesar, felicidad, deseo, todo en un mismo instante, antes de que él decidiera cerrar los ojos.

—No es para tanto.

—Mírame.

Logan abrió los ojos y se incorporó. Quedó sentado abrazándose las rodillas, y la miró.

—Ojalá mis padres estuvieran vivos y pudiera darles una mano en un momento de necesidad, pero no lo están. Así que no me agradezcas algo tan trivial como prestarte dinero.

¿Trivial?

—Bueno, pero te lo devolveré. Prometido.

Poniéndole la mano detrás del cuello, él la atrajo contra sí y comenzó a besarla. Jamás se había sentido Teresa más amada en la vida. Y sabía, ya sin rastros de duda, que se había enamorado de ese hombre.

—A lo mejor algún día, Tess, cuando ya estemos de vuelta, me dejarás volver a hacerte el amor.

¿Algún día? Hablaba como si hubiera terminado la relación que los unía, siendo que para ella apenas estaba empezando.

—Si eso quieres... —respondió, desanimada al ver que no le imploraba que aceptara acostarse con él todas las noches de ahí en adelante.

—¿Si eso quiero? Cuidado con lo que dices, muchacha. A lo mejor quiero más de lo que estás dispuesta a darme.

Estaba dispuesta a entregarse cuando él lo deseara. Le daría todo, cualquier cosa, con tal de que la mirara con esos ojos marrones como la miraba en ese momento. Al observar esa cara sonriente, casi cedió a la tentación de confesarle la locura que cruzaba por su mente, pero felizmente se contuvo.

Ante él, quedaría como un personaje patético. Un hombre la lleva a la cama, y ella está dispuesta a entregarse a él con alma y vida.

—Tienes razón —dijo, forzándose a sonreír—. Mejor me cuido.

En efecto, se cuidó. Se cuidó muy bien de no dejar ver su desilusión cuando le informaron a Pennetti que no harían el trato con la estancia El Gaucho, de esconder lo que sentía por Logan en el largo vuelo de regreso. Él, por su parte, durmió casi todo el viaje, y cuando estuvo despierto, habló muy poco. La distancia que los separaba era visible.

Teresa rogaba tener fuerzas para encontrarlo todos los días en la oficina y seguir teniendo con él una relación normal de trabajo. El dolor sordo que le apretaba el corazón le decía que eso era un sueño.

# Capítulo 9

Logan se propuso ir temprano a la oficina, y llegar antes que Edward. Pasó en limpio el informe, se lo dejó en su escritorio y se sentó a esperarlo.

Edward llegó a los pocos minutos.

—Hola —saludó sonriente, al tiempo que dejaba su maletín sobre el escritorio. Luego se levantó los pantalones, que siempre se le iban cayendo. De viejo se había vuelto más flaco, pero desde hacía veinte años que no renovaba su guardarropa—. Me alegro de que estés de vuelta. ¿Cómo anduvo todo?

—Ahí tiene el informe.

Edward se sentó, lo tomó y se puso a leer. Logan permaneció sentado cómodamente en la silla que había del otro lado, y vio cómo su expresión pasaba de alegre a sorprendida y por último enojada. Dejó el papel y dijo:

—Me imagino que esto es un chiste.

—Lamentablemente, no.

—¿Me estás diciendo que vamos a sacar una colección nueva de ropa la próxima temporada y no tenemos proveedor?

Logan se irguió en su asiento y se inclinó hacia adelante.

—Conseguiremos algún otro.

El rostro de Edward se puso rojo.

—Te envié allá para que suscribieras el contrato. ¿Qué diablos pasó?

—Me envió para verificar que fuera conveniente hacer negocios con la empresa de Pennetti. Confíe en lo que le digo: no nos convienen.

—Pero no fue eso lo que me anticipó Tess por teléfono. Dicho sea de paso, ¿dónde está ella?

Logan volvió a ponerse cómodo y se frotó la sien derecha.

—Ya va a llegar en seguida, y lo que le contó por teléfono es sólo una parte de la historia. La lana era de buena calidad, la estancia estaba bien organizada, pero...

—Precisamente, ¿dónde diablos está el contrato, Logan?

Suspiró. Acto seguido explicó el problema con Juan Carlos, su renuencia a comerciar con una firma extranjera, sus exigencias desmedidas. Omitió todo lo que tenía que ver con Tess, pero Edward era sumamente perspicaz.

—¿Y Teresa no pudo hacer recapacitar a ese hombre?

—Yo no quise que entrara en negociaciones con ese imbécil.

Edward enarcó una ceja.

—No quisiste que entrara en *negociaciones,* que fue precisamente para lo que la envié.

—Lo intentó, los dos lo intentamos.

—Lo intentaron. Mando a mis dos mejores compradores, y lo "intentan" —se dijo a sí mismo—. Pensé que serían el equipo perfecto.

—Lo fuimos. Cumplimos con nuestra tarea, Edward. Todavía está a tiempo si quiere cerrar trato con ellos, pero no es eso lo que recomendamos.

—Teresa y tú trabajaron juntos, ¿verdad? ¿No se pasaron todo el tiempo peleando?

—Nos llevamos muy bien. Es una mujer maravillosa.

Edward seguía interrogándolo con la mirada.

—¿Maravillosa? ¿Teresa? ¿Qué diablos pasó entre ustedes?

Como Logan no quería hablar de eso, bajó la vista, lo cual hizo que Edward lanzara una maldición.

—Y yo aquí, creyendo que si te enviaba con ella a la Argentina, te verías obligado a trabajar, teniendo en cuenta lo seria que es. No tenías por qué meterte en amoríos, Logan.

—Probablemente no —reconoció él, tratando de no dejarse dominar por la furia interior.

—Si querías agregarla a tu lista de conquistas, tendrías que haber esperado hasta después de haber regresado.

Logan sintió un dolor en la boca del estómago. Su relación con Tess no era como las otras. Bajó la mirada, tratando de mitigar su sensación de culpa. Cuando emprendió el viaje, ¿acaso no había pensado en Teresa de esa manera, como un conquista?

—Lo que pasó entre nosotros no es asunto suyo —dijo, mirándose las zapatillas.

—¡Cómo que no! Si te pasas todo el tiempo tratando de llevártela a la cama en vez de hacer tu trabajo, claro que es asunto mío, maldita sea. —Su rostro se había puesto muy colorado.

Logan tenía ganas de pararse y contestarle a los gritos él también, reprocharle que no había escuchado nada de lo que le había dicho, que estaba siendo injusto, pero no le salieron las palabras. Lo único que pudo hacer fue quedarse mirándolo, y reconocer calladamente que Edward en parte tenía razón. Era cierto que casi todos sus pensamientos habían girado en torno a Teresa. Vio la oportunidad de entablar relación con ella y le dedicó una atención obsesiva, en vez de dedicársela a la gestión comercial.

—Me envió allá porque pensó que ella no me iba a mirar siquiera, y por lo tanto no me quedaría más remedio que concentrarme en el trabajo —masculló.

—Esta cuenta era importante para nosotros. Y sí, quería que te concentraras en el trabajo, no en tu compañera.

Inclinó la cabeza y miró a su jefe con ojos entornados.

—Bueno, el tiro le salió por la culata, porque me costó muchísimo concentrarme en otra cosa que no fuera en Tess.

Teresa seguía habituándose a la idea de que había vuelto a los Estados Unidos. Tenía los horarios del sueño desacomodados y eso la desorientaba, pero así y todo consiguió no llegar tarde a la oficina.

Krystle fue la primera en recibirla, incluso antes de que llegara a su escritorio.

—¿Cómo anduvo todo? ¿Fue muy terrible? Logan dijo que el paisaje era fabuloso...

—¿Él ya llegó? —preguntó al tiempo que guardaba su cartera en el cajón de abajo del escritorio.

—Vino muy temprano, y te confieso que a todos nos sorprendió verlo sano y salvo. Suponíamos que ibas a hacerlo pedazos.

Dios santo, cuántas cosas se imaginaban ahí. Intentó responder con una sonrisa que se desarmó a mitad de camino.

—¿Dónde está?

—¿Logan? Con Edward Reed. ¿Pudieron trabajar en colaboración o se te hizo difícil?

Se preguntó si su compañera no trabajaría también

en alguna publicación sensacionalista, por lo eficiente que era para esas cosas.

—Nos llevamos bien, Krystle. Después de todo, somos compañeros. —Miró la puerta cerrada de Edward. ¿Debía entrar, o estaría interrumpiéndolos?

—¿Te parece que vino más temprano para congraciarse con el señor Reed y hacerle creer que él hizo la mayor parte del trabajo?

Teresa volvió a mirar a Krystle. Todos, hasta el último de sus compañeros, parecían tiburones. Cuando olían sangre, se acercaban ellos también a arrancarle un mordisco a la víctima.

—Estoy... muy cansada. —En realidad estaba muy distraída y le costaba pensar con lucidez esa mañana.

—¿Quieres un café? Hay recién hecho.

Posó sus ojos en la cafetera y luego nuevamente en la puerta cerrada.

—No, Krystle, gracias. Mejor voy ahí adentro. —Le dio una palmadita en la espalda y dio la vuelta de su escritorio. El corazón le latía con fuerza.

Entreabrió la puerta y espió. Ambos hombres miraron en su dirección.

—¡Tess! Pasa, te estábamos esperando —reaccionó Edward en el acto.

Logan esbozó una sonrisa cortés pero no articuló ni una palabra. Teresa se sentó en un sillón, a su lado.

—Logan me estaba contando sobre el viaje. Al parecer, la negociación no salió como esperábamos.

Teresa cruzó las manos sobre su falda.

—Estee..., no; por eso decidimos darla por terminada. Supongo que le habrá entregado toda la documentación, el informe...

—Está todo. —La voz de Logan sonó fría e impersonal.

—Me habría gustado leerlo.

—Pensé que lo habías pasado tú en limpio, Tess —dijo Edward.

—No; lo pasó Logan.

—Bueno, te dejaré una copia en tu escritorio. Eso tendrías que haberlo hecho tú, Logan, o al menos dárselo para que lo revisara.

—Me pareció que no era una cosa tan importante. Hice un resumen de lo que había sucedido. Recuerdas lo que sucedió, ¿no?

La estaba haciendo sentir como una tonta.

—Sí, claro que lo recuerdo. No hay problema, Edward.

—¿Por qué no le echas un vistazo primero, Tess, y te fijas si por casualidad no quedó algo sin mencionar? —Edward estaba siendo complaciente, pero la expresión ceñuda de Logan la hizo desistir.

—Estoy segura de que Logan puso todo; no se preocupe.

—Entonces la pregunta es: ¿y ahora qué?

—Tengo una lista de posibles salidas —propuso ella de inmediato.

Intercambiaron ideas sobre ese tema. Tanto ella como Logan tendrían que pasarse los días siguientes en el teléfono, para poder presentarle un camino alternativo antes del fin de semana.

Teresa volvió a su escritorio con la sensación de ser una fracasada total.

Logan apoyó las manos en el borde del escritorio y se inclinó hacia adelante.

—¿Por qué hiciste eso? —preguntó con expresión adusta.

—No sé a qué te refieres.

—¿Por qué me sometiste a un interrogatorio cuando estábamos en la oficina de Edward?

—Porque supuse que íbamos a revisar juntos el informe antes de presentarlo, nada más, pero como dije, si decidiste hacerlo solo, no hay problema. Ya está.

Logan entornó los ojos.

—¿Qué pasa, Teresa? ¿Qué te ocurre?

Tenía ganas de hacerle ella la misma pregunta. ¿Por qué estaba tan enojado? Pero a juzgar por la cara que tanto él como Edward tenían cuando entró en el despacho, adivinaba la respuesta.

—Lo que pasa es que estoy cansada. Hoy voy a trabajar medio día, no más. Edward comprenderá, espero.

Logan se enderezó y se encogió de hombros.

—Yo le avisé que me iba a tomar unos días libres. Tengo que dedicarle un poco de tiempo a Karen y los niños. Dile no más a Edward qué es lo que quieres, y hazlo.

—De acuerdo.

Logan sonrió.

—Bueno, nos vemos —dijo, y enfiló hacia su propio escritorio.

¿Nos vemos? Después de haber pasado hasta el último minuto juntos las semanas anteriores, de comer con él, de jugar, trabajar y soñar con Logan Wilde, ¿se iba así, con un "te veo"? ¿Eso era todo? ¿Tan pronto se acababa la relación?

Encendió la computadora, decidida a no volverse loca pensando en Logan. Sin embargo, a los cinco minutos de estar trabajando ya no pudo con su genio. Miró hacia el escritorio de su compañero y en el acto se arrepintió. Como de costumbre, lo vio rodeado de mujeres mientras él, echado para atrás en su sillón, con las manos detrás de la cabeza, les daba charla muy sonriente. Cerró los ojos, demasiado afectada. Apagó entonces la computadora, abrió el cajón de abajo con más fuerza de la necesaria, sacó su cartera y se marchó de la oficina. No le avisaría nada a Edward ni a Logan, qué diablos.

Si no le prestaba atención al teléfono, seguramente dejaría de sonar, se dijo, y se arrebujó más bajo las mantas. La campanilla sonó por quinta vez. Eso quería decir que se había olvidado de encender el contestador automático. Ya iban ocho. Hundió la cabeza en la almohada de plumas. ¡Décimo campanillazo! ¡Maldita sea! Tenía que ser su hermana. Retiró las mantas, fue hasta la sala calzada sólo con medias y atendió esa bestia torturante.

—¿Sí? —dijo, con algo que más que una voz parecía un graznido.

—¿Tess?

—¿Logan?

—¿Dormías tan temprano?

—He estado durmiendo desde que llegué a casa esta tarde. ¿Qué quieres? —Se sentó en el sofá, con los codos apoyados en las rodillas y la frente en la mano que le quedaba libre.

—Hablar contigo, nada más. Ya me había acostumbrado.

No supo qué responder. Suspiró.

—Yo también.

—¿Puedo ir para allá? —Su voz era sublime.

Lo que ella más ansiaba en la vida era volver a estar en sus brazos, aunque más no fuera para saber que las vivencias compartidas no habían sido apenas una chiripa.

—¿Por qué?

—Así conversamos, tomamos un vinito, lo pasamos bien.

Y hacemos el amor... pero eso estaba sobreentendido. ¿O no? Seguramente tendrían relaciones sexuales, sí, pero ¿sería realmente hacer el amor? A ella ya no le hacía gracia, sobre todo porque había entregado su corazón, y para él era apenas "pasarlo bien".

—Estoy muy cansada, Logan. Quiero volverme a la cama.

—Tengo muchas ganas de ir a verte.

Consiguió soltar una especie de risita.

—Esta noche no.

Él también se rió, y en un tono más alto agregó:

—Hoy Edward me reprendió muchísimo, y eso me puso de mal humor. Discúlpame.

—No hay problema.

—Me siento raro estando aquí de nuevo. ¿Y tú?

—Un poquito desubicada, quizás. A lo mejor necesitamos dormir y volver a orientarnos dentro del huso horario.

—Sí, tal vez, pero es más que eso. Me siento raro en este departamento frío y solitario. Me sentí como un extraño hoy en la oficina. No sé... Es como si me hiciera falta...

—¿Qué cosa?

—Tú, Tess.

Teresa contuvo el aliento. Dios santo, qué agradable oírlo pronunciar esas palabras. Se alegraba de no ser la única que se sentía necesitada.

—Es lo más hermoso que me has dicho nunca.

—Sí... ¿Vienes mañana a cenar a lo de mi hermana? Quiero presentártela.

—Me encantaría —aceptó con una sonrisa.

—Bien. Bueno, te dejo dormir. Mañana paso a buscarte.

—De acuerdo. Adiós.

—¿Teresa? —Se lo notaba preocupado.

—¿Sí?

—Me alegro de que hayas robado la mitad de mi cuenta de la Patagonia.

Ella volvió a reír y se recostó en el sofá.

—Y yo me alegro de que me hayas robado la mitad de *mi* cuenta.

—Hasta mañana, linda —respondió él, riéndose también.


Logan durmió muy mal. Se despertó en plena noche sacudido por unos temblores. Había estado soñando con Teresa, pero luego aparecieron sus padres en escena. Hacía años que no soñaba con ellos. Se levantó y, tiritando, se puso a caminar por el dormitorio. Luego se calzó una sudadera sobre la camiseta, y se sentó en el borde de la cama.

No era el sueño lo que lo inquietaba —sabía—, sino Teresa. Había iniciado con ella una relación demasiado estrecha, cosa que nunca fue su intención. Se frotó la cara. No, todo saldría bien. Eran amigos, no más; lo pasaban bien uno con el otro, tenían excelentes relaciones sexuales y nada más. No había nada de qué afligirse. Volvió a meterse en la cama. Nada de qué afligirse.


—¿Cómo anduvo el trabajo hoy? —preguntó cuando ella introdujo sus hermosas piernas en el lado del acompañante del auto.

Teresa se inclinó y le dio un beso fugaz.

—Me pasé el día en el teléfono. Pude ponerme en contacto con los cinco principales industriales de mi lista. ¿Cómo te fue a ti con tu día libre?

Logan miró esos labios pródigos, sin ganas de hablar de trabajo. Anhelaba algo más que un beso rápido de saludo. Le pasó entonces la mano por detrás del cuello y atrajo el bello rostro hacia adelante. Lentamente fue deslizando su boca a uno y otro lado sobre la de ella, y al hacerlo sintió que se le iba adhiriendo la pintura labial. Teresa le apoyó la mano derecha en el hombro y abrió los labios, dejando escapar un suspiro. Su aliento tibio tenía un dejo a menta. Logan soltó un gemido. La deseaba mucho, y en ese momento.

Se echó hacia atrás y volvió a mirar esos labios. La pintura, que un rato antes delineaba perfectamente la boca, se le había corrido por todas partes.

—Eres muy peligrosa, mujer.

Teresa cerró los ojos y apoyó la frente contra la suya.

—¿Vas a besarme o no?

—Voy a hacer mucho más que eso, pero después. — La empujó suavemente hacia su lugar, y se ubicó frente al volante.

Ella sacó de la cartera un pañuelo de papel, bajó la visera y procedió a limpiarse los labios. Con movimientos delicados se limpió las comisuras, dando leves golpecitos también por los bordes. Logan la observó unos instantes, deseando que se los dejara como estaban. El maquillaje corrido le resultaba sumamente sensual. Cuando ella terminó, le entregó un pañuelito y le sonrió. Logan retribuyó la sonrisa y se dio cuenta de que seguramente debía de estar muy gracioso con los labios todos manchados de rojo.

A diferencia de ella, que se limpió con esmero, Logan se pasó un par de veces el pañuelo por la boca. Luego puso el auto en marcha y se concentró en conducirlo.

Al llegar a casa de Karen, ésta recibió a Tess con un despliegue inusitado de entusiasmo, a juicio de Logan. El día anterior, cuando él le avisó que había invitado a Tess a cenar, se había mostrado sorprendida, pero también muy contenta de comprar una carne especial para que Logan pudiera asar.

Estaban aún parados en la puerta, mientras Karen no cesaba de decir lo feliz que la hacía recibir a Tess.

—Entonces por qué no nos haces pasar, hermana.

Karen puso los ojos en blanco.

—Sí, entren. Los chicos están jugando en el jardín. Podemos sentarnos en el patio, si quieren.

—Por supuesto. —Tess la siguió, con una sonrisa en los labios.

Logan puso carbón en la parrilla, lo encendió y a continuación se dedicó a jugar con sus sobrinos en el césped. Karen le mostró a Tess sus preciadas flores. Luego entraron en la casa. Logan quedó unos instantes tendido en el pasto para recuperar el aliento. En esa posición, levantó sus ojos y vio que el cielo comenzaba a oscurecerse pues se estaba haciendo de noche. Todo parecía estar como correspondía una vez más.

Después de cenar, Karen se llevó a los niños para acostarlos, y Logan sacó las fotografías que había tomado en el viaje a la Argentina.

—Ni siquiera me di cuenta de que llevabas una cámara.

—La mayoría de las fotos las saqué en los puertos donde paramos.

—Ah, me gusta ésta del león marino. Parece una postal.

Logan se rió.

—Era un animal enorme.

—¿Y estas mujeres en una playa?

Sonrió, y antes de responder le pasó la mano por el pelo.

—Necesitaba algunas tomas de las habitantes vernáculas.

—No me cabe duda.

—¿Celosa?

—Por supuesto. Me gustaría ser yo como ellas.

Logan le pasó el brazo por los hombros y le susurró al oído:

—Eres mucho más linda que ellas, querida.

—Eh, ¿quieren que yo también vaya a acostarme? —los interrumpió Karen, que en ese momento regresaba a la sala.

Teresa empujó a Logan.

—Desde luego que no. Perdona.

Karen se rió.

—No tienes de qué disculparte. Ya era hora de que mi hermano tuviera una novia.

—No somos novios —la corrigió Logan, y Tess volvió a sentirse cohibida. Ella entonces se alejó un poco más y siguió mirando las fotografías.

Karen lanzó una miradita de enojo a su hermano y fue a sentarse junto a Tess.

—Saca lindas fotos, ¿eh?

—Mmm, sí. Me gustan estas tomas del horizonte.

—Él les sacó éstas a los niños —agregó Karen, señalando unos retratos que había en la pared.

Tess se levantó y fue a mirarlas.

—Están geniales, Logan —dijo.

—Gracias.

—¿Éstos son tus padres?

Karen se ubicó a su lado.

—Sí. Ésta es la casa que teníamos de chicos. Logan acababa de ganar una competencia de natación. ¿Ves la medalla?

—Qué jóvenes eran.

—Sí —repuso Karen con una sonrisa—. Fue el año antes de que murieran. Yo tenía apenas catorce años.

Tess hizo un gesto de pesar.

—Logan me contó lo que pasó. Qué tristeza.

Karen miró a su hermano.

—¿Se lo contaste?

Él le respondió que sí sin despegar los labios.

—¿Acaso era un secreto? —quiso saber Tess.

—No; lo que pasa es que no suelo hablar del tema. La culpa de que hayan muerto es mía.

—Logan —lo reprendió la hermana.

—Quédate tranquila, Karen. No sigo cargándome culpas, pero los hechos no se pueden negar.

—¿Por qué dices eso? —dijo Tess.

—Porque el fuego se inició en mi cuarto, sobre mi cama. Dejé encendida la manta eléctrica, como siempre, enchufada en un tomacorriente recargado, pese a que mamá me había advertido que no lo hiciera. Se hizo un cortocircuito y eso causó el incendio. Y para complicar aún más las cosas, había dejado los cigarrillos y el encendedor sobre las sábanas. Seguramente la cama ardió como si tuviera pólvora.

Teresa había abierto desmesuradamente los ojos y la boca.

—Dios mío, Logan. Fue un terrible accidente.

—Sí, en efecto. Un maldito accidente. Pero al menos después dejé de fumar.

—No le veo nada de gracia. Por suerte no estabas tú en la cama.

—Eso es lo que yo siempre le digo —terció Karen.

Logan resopló.

—Si yo hubiera estado en la cama, podría haberles avisado a ellos para que se alejaran.

—No, Logan —comenzó a decir Karen.

—Escucha. —Se puso rápidamente de pie, pues no quería que lo sermonearan diciéndole que no era culpa suya—. Miles de veces me he planteado los "¿Qué hubiera pasado si... ?" ¿Y si yo hubiera estado ahí? ¿Y si hubiera apagado la manta eléctrica? ¿Y si... ? Nada de eso importa ya, ¿no?

Teresa le dirigió una mirada compasiva, llena de cariño, que a él le produjo un gran disgusto. Lo último que quería era que una mujer le tuviera lástima. Por eso se dio vuelta y miró a otro lado.

—Así es la vida —dijo, y agregó—: Ya vengo. Voy a buscar agua.

Se alejó, tratando de que no se lo notara afectado. Teresa sintió unas ganas intensas de seguirlo, nunca lo había visto tan dolido, sobre todo por el empeño que él ponía siempre en demostrar lo feliz que era.

—Ojalá algún día tomara conciencia de que no fue culpa suya. Se lo he dicho un millón de veces, pero no bien menciono a nuestros padres, empieza a pedirme disculpas porque no puedo tenerlos a mi lado.

—Debe de ser difícil vivir con semejante culpa —insinuó Teresa.

—¿Lista para irnos? —preguntó Logan, que en ese momento salía de la cocina.

—Cuando quieras. —Fue hasta el sofá y recogió su cartera.

Logan sonrió.

—Bueno, entonces vamos. Karen, mañana vengo para llevar a los chicos a la escuela.

—De acuerdo. Los tendré listos. Fue un gusto conocerte, Tess.

En el trayecto de regreso se mantuvo callado, y Teresa no sabía qué decir.

—Gracias por la invitación. Cocinas muy bien.

—De nada.

Teresa miró ese perfil, ansiando poder acariciarlo.

—¿Cuándo vuelves al trabajo? —le preguntó.

—Dentro de uno o dos días.

Siguió mirándolo, pero él no apartaba sus ojos del camino.

—Karen tiene razón: sigues echándote la culpa, ¿verdad?

Logan se encogió de hombros.

—Difícil no echármela.

Ella entonces le apoyó una mano en el hombro, y al ver que la reacción era ponerse más tenso aún, la retiró.

—Veo que no quieres hablar del tema.

La miró de reojo apenas un instante.

—Eso fue hace años, Tess. No hay mucho que hablar.

Sin embargo, era evidente que la tragedia le había dejado una inmensa cicatriz, máxime si en la actualidad todavía no podía hablar sobre sus padres sin pensar en el accidente.

—Eso no lo creo.

Con gesto ceñudo, Logan aceleró. De hecho, aceleró tanto que en un abrir y cerrar de ojos ya estaban frente a la casa de Teresa. Cuando el auto se detuvo, ella dejó por fin de aferrarse al tablero y suspiró.

—Supongo que te veré por la oficina, Tess.

—¿Quieres pasar?

Los ojos masculinos la recorrieron de una manera casi insultante.

—Me gustaría, pero... otra noche, tal vez.

—Logan...

—Buenas noches, Tess.

—¿Qué estás haciendo?

—Estoy tratando de dejarte en tu casa.

—Quiero decir... ¿Por qué te has vuelto frío?

Logan sonrió.

—Estoy cansado, no más. Si me quedara, no me encontrarías divertido esta noche, Tess.

—No importa. Yo no quiero estar contigo sólo cuando estás divertido.

—Ah, sí, claro. —Lanzó una risa—. Seguro que quieres sufrir conmigo.

—Sí. Si estás sufriendo, quiero sufrir contigo. Me importas...

—¡No, por favor! No te he pedido que digas ninguna tontería, así que no la digas.

—¿Tontería? No me siento tonta por preocuparme por ti.

Logan cerró los ojos.

—Bájate, Tess.

No entendía por qué él se negaba a aceptar el consuelo. Había hablado sobre un tramo doloroso de su pasado, pero ahora parecía dispuesto a ocultarlo tras un muro que le impedía a ella trasponer.

—Logan, por favor...

Respiró hondo antes de mirarla con sus ojos castaños habitualmente muy cálidos. Esta vez, sin embargo, no había nada en ellos, ningún sentimiento.

—Si no te bajas del auto arruinarás nuestra amistad, ¿comprendes? No quiero complicaciones. A mí me gusta salir, pasarlo bien, y cuando algo ya no me divierte, se acabó.

Para ella fue como si le hubiera arrojado un balde de agua helada.

—Supongo que lo nuestro terminó —dijo, tiritando. Le temblaron las manos cuando se estiró para tomar el picaporte. Lo encontró y se bajó del auto apesadumbrada. Logan Wilde no la amaba. Era incapaz de amar a nadie; le resultaba muy complicado.

# Capítulo 10

La reunión del personal del día lunes avanzó con rapidez. Se hizo un resumen de las novedades, se pasaron diapositivas de los productos que iban a salir el siguiente trimestre, se asignaron las nuevas cuentas y se puso a todos al tanto de los problemas que habían tenido Teresa y Logan en la Argentina. Posteriormente, todos se retiraron, salvo ellos dos.

—¿Qué novedades hay sobre los proveedores de lana, Tess? —preguntó Edward Reed, cruzándose de brazos ante su escritorio.

—Tengo cinco posibilidades.

—Bien. ¿De dónde son?

—Dos de Australia y tres de la Argentina.

—Perfecto. Logan, ocúpate de Australia; Tess, de la Argentina. Investíguenlos y luego decídanse por uno, pero que sea pronto. Necesito un buen proveedor, cuanto antes. Sí, de inmediato. Y no quiero ver a ninguno de los dos hasta que puedan presentarme un contrato firmado. —Se sentó al escritorio, con lo cual quedó claro que daba por terminada la reunión.

Teresa recogió sus notas y se marchó en el acto. Logan la alcanzó cuando se dirigía a su escritorio.

—Veo que estamos enganchados en este asunto hasta que consigamos enderezarlo —dijo, en tono de broma.

Lo miró de soslayo.

—Eso parece.

Logan le obsequió una sonrisita pícara y sensual.

—Desde luego, trabajar contigo ya no es ningún sufrimiento.

Dejó los papeles sobre el escritorio y lo miró de frente, sin retribuir su sonrisa. ¿No se daba cuenta de lo dolida que estaba? ¿Acaso le importaba? No, claro, no le importaba.

—Ve a investigar las empresas australianas, Logan, y aléjate lo más posible de mí.

—Eh, tranquila —exclamó él, bajando la comisura de sus labios—. Era un chiste, no más.

Teresa sentía un fuerte ardor en los ojos.

—No lo entiendes, ¿verdad, Logan? Tú... mejor no me hagas caso. —Para qué gastarse en explicarle nada. Ya iba a dar la vuelta para alejarse, pero él la sujetó del brazo.

—Escucha, siento mucho lo del viernes por la noche.

Teresa entornó los ojos y contempló ese rostro serio.

—¿De veras?

—No era nada personal.

—Ya sé. Ahora lo entiendo. Suéltame el brazo, por favor. Estamos en la oficina.

—Tess... —Su rostro se ensombreció, y sus ojos dejaron entrever un dolor muy profundo—. No hagas esto.

—¿Qué cosa? —Como le flaqueaba la voz, se detuvo y respiró hondo—. ¿Que no me preocupe por ti, que no aspire a que nuestra relación tenga algo de solidez? De acuerdo, como quieras, Wilde.

Se quedó mirándola un instante más; después, sin decir palabra, se marchó.

Un rato más tarde, cuando ella regresó del almuerzo, encontró sobre su escritorio un cheque y una notita de Logan, que leyó con incredulidad. "Para tus padres", decía. Si bien habían hablado del tema y ella había aceptado recibir de él el dinero, ese dinero, después de haberse peleado, le pareció más ofensivo aún. Su primer impulso fue romper el cheque en mil pedazos, pero luego recordó los aros de esmeraldas y comprendió que Logan ofrecía cosas con el corazón. Decidió entonces guardarlo en el cajón superior de su escritorio, debajo de la grapadora. Le parecía que no podía cobrarlo. Ya no podía hacerlo.

La relación siguió tensa durante los días siguientes. Logan tomó la lista hecha por ella de posibles proveedores australianos y trabajó con ellos sin consultarla. La pelea entre ambos al parecer no afectaba su desempeño laboral, o más precisamente, su estilo tan personal de trabajo. Seguía entrando y saliendo de la oficina a voluntad, bromeaba y reía con todos, y proseguía su vida como si Teresa no existiera.

Ella trabajó intensamente como era su costumbre, pero una tristeza sorda la iba consumiendo por dentro cada día más. ¿Por qué se había enamorado? Tendría que haber sido más sensata, puesto que sabía perfectamente cómo era él. Durante tres años largos había comprobado lo inmaduro e irresponsable que era, y así y todo se había dejado atrapar por esa personalidad propia de un playboy. La culpa era sólo suya.

Llegó al fin de semana apenas con el mínimo de energías como para volverse a su casa y meterse en la cama.

Sentado ante su escritorio en la penumbra, Logan investigaba en el Internet los establecimientos australianos dedicados a la cría de ovejas. Era viernes por la noche y seguía trabajando. ¿Qué le pasaba? Debería haber salido con una chica, pero no tenía ganas de salir. Tendría que estar con sus sobrinos, pero eso tampoco le atraía. Sabía lo que quería: ver a Teresa.

De todas las mujeres que conocía, ¿por qué ella? Le ocasionaba problemas; se le había metido en la sangre, cosa que él no lo deseaba. Sin embargo, sí lo deseaba. Añoraba estar con ella, mirarse en sus ojos, relatarle anécdotas, permitirle que le hiciera bromas, que lo hiciera reír. Quería enterarse de todo lo referente a ella. Quería disculparse por haberla alejado e implorarle que lo perdonara.

Se levantó bruscamente de su sillón. Eso era precisamente lo que iba a hacer.

Con todo el sentimiento que llevaba encerrado en su interior, fue y le golpeó la puerta. Teresa le abrió con una expresión azorada en el rostro.

—Dios santo, estuve a punto de llamar a la policía hasta que me di cuenta de que eras tú. ¿Te has vuelto loco?

Entró decididamente en la casa.

—Puedes dejarte de andar por la oficina con cara de cordero degollado, Tess. Yo no tengo la culpa de que te sientas herida en tus sentimientos.

Teresa no cabía en sí de su asombro.

—¿Vienes a mi casa a las once y media de la noche a decirme eso?

—Estoy harto de verte deprimida. Cada día estás más flaca, ¿te diste cuenta?

Teresa frunció el entrecejo, y un leve rubor asomó en sus mejillas.

—No te preocupes por mí. Es cierto: no tienes que hacerte responsable de mí.

—Mi intención siempre fue que fuésemos amigos, que pudiéramos divertirnos.

Las lágrimas se agolparon a los ojos femeninos.

—¿Y bien? ¿Te divertiste, Logan? —preguntó en voz baja, con un enorme pesar.

Logan fue y se sentó en el sofá. Agachó la cabeza y apoyó los brazos sobre sus rodillas.

—Cuando murieron mis padres, creí que me iba a morir yo también —dijo—. No podía dejar de echarme la culpa. Cuando me enteré de que el fuego se había iniciado en mi cuarto, en mi misma cama... —Sacudió la cabeza al evocar las horrendas imágenes: la casa quemada, los efectos personales perdidos, todos los recuerdos convertidos en cenizas—. Durante un tiempo me porté como un idiota. Hacía cosas peligrosas, arriesgadas. Edward era el mejor amigo de papá, y me dio el trabajo aunque sabía que yo podía estropearlo todo. Y no arruiné nada, hasta ahora. —Levantó la cabeza y la miró—. Mientras yo me dedicaba a tener lástima de mí mismo, mi hermanita se enganchó con un mal tipo y quedó embarazada. En cierto modo, eso también fue culpa mía.

—No...

—Sí. ¿Es éste el tipo de dolor que quieres compartir conmigo?

Gruesos lagrimones caían por las mejillas de Teresa, y él se sintió muy mal por ser el causante. Eso no le gustaba en absoluto. No quería tenerse lástima a sí mismo, y tampoco quería que se la tuviera nadie.

—No quiero compartir tu dolor, Logan. No puedo. Lo que quiero es algo más que una diversión y una botella de vino. Quiero...

—¿Qué, Tess? ¿Que te prometa algo? ¿Que te confiese mi amor imperecedero?

Las lágrimas fueron en aumento. Teresa se acercó y se arrodilló entre sus piernas.

—Sí.

Logan sintió que el corazón le daba un vuelco. Tess parecía un ángel ahí hincada entre sus rodillas, mirándolo con ojos húmedos, esperanzados. Le acarició los costados de la cabeza, secó las lágrimas con los pulgares; luego se inclinó y besó esos labios tiernos que adoraba.

—Estamos los dos hoy y aquí. ¿Qué necesidad de preocuparnos por el mañana?

—Porque no todo el mundo se te tiene que morir, Logan —respondió ella con labios temblorosos.

¿De qúe hablaba Tess? Bajó las manos que la acariciaban. Los músculos de su propia cara parecían ponerse tensos por propia voluntad.

—Estoy dispuesto a continuar esta aventura mientras dure. Es lo único que puedo prometerte; si te dijera otra cosa, te mentiría.

—Esta aventura... ¿Eso es lo único que soy para ti?

—Tess...

—Contéstame. ¿Qué sientes por mí, Logan?

—No sé. Me gustas, me atraes, te deseo.

Ella puso cara de desilusión.

—Entiendo.

—Nunca te prometí más, maldita sea. Tú aceptaste...

—Sí, lo acepté. Pero algo pasó entre nosotros, Logan, algo que yo sentí y tú también. Sé que lo sentiste.

Logan se recostó en el sofá.

—Me gustas mucho, Tess; no es ningún secreto. Y como te dije, quiero seguir viéndote, pero tú pareces querer algo más. No estoy preparado...

—De acuerdo. Perdóname, pero no me siento capaz de llevar adelante una aventura simpática y sin complicaciones, como tú. Fue un error mío.

Él meneó la cabeza. La cosa no iba saliendo bien.

—Lo que pasó entre nosotros fue...

—En tu opinión, no pasó nada. Crees que viviendo

para el hoy aprovechas todo lo que te puede ofrecer la vida, pero no es así. No ganas nada. Vete, por favor, Logan. —Se puso de pie y se estrechó su propio cuerpo.

—No me eches. No quieres hacer eso. —Se levantó y le apoyó las manos en los hombros. Si la tocaba, si la abrazaba, lograría ablandarla.

—Lo que yo quiero no me lo puedes dar.

—Tess, te necesito. —Le apretó fuertemente los hombros.

Ella movió la cabeza de lado a lado.

—Tienes miedo de necesitar a alguien.

La soltó y se frotó los ojos con los nudillos, pues le ardían. Fue hasta la entrada y se quedó parado, mirando la puerta cerrada.

—Sinceramente te necesito, y tienes razón: me da miedo. —Se dio vuelta y la miró.

—Bueno, entonces no hay nada más que decir. —Llegó hasta su lado, tomó el picaporte y abrió—. Si tienes miedo de necesitarme, nunca tendrás un sentimiento profundo, ¿verdad?

Logan volvió a sentir que se le nublaba la vista.

—¿Por qué no podemos tener una relación intrascendente y disfrutar con la compañía uno del otro como hasta ahora, Tess?

—Porque *me enamoré* de ti, y me resulta desgarrador. ¿No te das cuenta?

Se sintió vacío, como si alguien le hubiera extraído todo el aire de los pulmones. Sin embargo, la novedad no lo tomaba por sorpresa. Sabía que Tess no era del tipo de mujer con quien se tiene una aventura pasajera, y sin embargo la persiguió porque la deseaba. Era un canalla egoísta.

—Perdona, Tess. Lo último que querría haber hecho es hacerte sufrir. Yo no quería una relación de este tipo, créeme. —Sentía deseos de estrecharla en sus brazos, pero para hacerlo tendría que retribuir la declaración de amor, cosa que no podía hacer—. No sabes cuánto lo siento.

Se marchó, temeroso de estar cometiendo otro error en su vida deplorable.

Con posterioridad, Teresa apenas si le dirigió la palabra. Trabajaban juntos en el tema de la lana, pero ella decía lo mínimo necesario cuando debía comunicarle algo. Nunca en la vida se había sentido Logan tan indigno. Le dolía ver que no lo miraba a los ojos, que se comportaba de una manera tan fría e impersonal, como antes de que emprendieran juntos aquel viaje fabuloso. Trataba de no recordar la sensación extraordinaria de que ella lo tocara, de estar en su interior, pero igualmente lo recordaba y ansiaba que las cosas pudieran volver a ser como antes.

Un día, ya no pudo aguantar más y le apoyó una mano en la suya. Teresa se interrumpió en la mitad de una oración.

—¿Qué haces? —preguntó con voz apenas audible.

—Necesitaba tocarte, Tess.

Ella contempló las manos unidas.

—Que sea la última vez. —Retiró la mano, se levantó y se fue a almorzar.

Cuando volvió, Logan le notó los ojos enrojecidos y un poco hinchados. Sintió un nudo en la garganta. Trató de concentrarse en la computadora, donde unos pingüinitos caminaban sobre un tablero de damas. Ese trabajo, que tanto le había gustado siempre, ya no le interesaba. Su vida era como un chiste. Él mismo le había dado ese carácter con esa actitud suya de tomar todo a la ligera y mantener lejos a las personas. Los únicos que le importaban eran Karen y los niños... y Tess.

Le convenía reconocerlo antes de que fuera demasiado tarde. Ella le importaba mucho. Era el tipo de mujer que se presenta una sola vez en la vida. Se había entregado a él sin que le ofreciera nada a cambio. Le dio su amor y él lo rechazó.

Cerró el puño y restregó los nudillos contra el borde del escritorio, produciendo unos golpecitos. Siguió haciendo girar la muñeca hasta que los nudillos le quedaron colorados. Pero no sentía dolor, pues todo el sufrimiento lo llevaba encerrado en el corazón. Echó un vistazo en dirección al escritorio de Teresa y vio que ella tomaba su bolso y prácticamente salía corriendo de la oficina.

Lanzó una maldición. Cuando murieron sus padres, se prometió a sí mismo llevar una vida provechosa. No malgastaría un segundo, se dijo, porque la vida era demasiado corta, demasiado preciosa. Y sin embargo ahí estaba, desaprovechando a la mujer más maravillosa del mundo. A sus padres les habría encantado Tess. A él también.

Comprendió entonces lo que había hecho. No había sacado el mejor provecho de su vida. Lo que hizo fue aferrarse al sentimiento de culpa, y eso le impidió llevar la vida que debería haber llevado, una existencia plena donde tuviera cabida el amor. En el fondo de su corazón no creía merecer semejante felicidad por el hecho de haber causado esas muertes. Pero aunque no se lo mereciera, lo cierto era que Tess lo amaba, y no estaba dispuesto a perderla.

Se levantó entonces y enfiló hacia la oficina de Edward.

—Me alegro de que hayas venido, Logan.

—Ah, ¿por qué?

—Mi mujer te manda unas masitas para tu hermana y los niños.

Logan miró el paquete que había sobre el escritorio, con la mente en otra parte.

—Usted dijo que en quien primero pensó para asignarle la cuenta de la Patagonia fue en Tess. ¿Por qué me envió a mí?

Edward lo estudió con la mirada.

—Porque ella es joven, es mujer, y quería que no corriera peligros.

—Entonces yo tenía razón. Me puso en el papel de guardaespaldas...

Edward adoptó una expresión seria.

—Y al parecer mandé a la persona menos indicada.

—Váyase al diablo, Edward.

—Eres muy inteligente, Logan. Tienes pasta para ocupar puestos gerenciales, pero te falta motivación. Me hice esta composición de lugar: si pasabas un tiempo con Tess, a lo mejor te contagiabas con algo de su carácter decidido.

—Hago muy bien mi trabajo.

—Sí, en efecto, ¿pero quieres quedarte en el puesto de comprador toda la vida?

—No —respondió él, frunciendo las cejas.

Edward se le acercó y lo aferró de los hombros.

—¿Entonces qué quieres?

Logan escudriñó los ojos del hombre que había pasado a ocupar el puesto de su padre, una persona que demostró ser muy bueno con él y con Karen.

—No quiero trabajar más a sus órdenes, Edward.

—¿Qué? —Parecía horrorizado, ofendido.

—No sé qué es lo que quiero hacer, pero sí sé que no es esto.

—Logan, estás disgustado y eso te hace pensar tonterías. Siéntate, hablemos y...

—No, ya tomé la decisión. Y ahora tengo que ir en busca de Tess. Ella es lo que quiero, lo único que quiero.

Carla estaba regando las plantas del porche.

—Hola —la saludó, llegando desde atrás.

Carla lo miró de soslayo; luego se dio vuelta y lo encaró.

—¿Qué quieres? —dijo, impertérrita.

Logan tragó saliva.

—Busco a Tess. ¿Está adentro?

Carla dejó la regadera en el piso.

—No, no está.

—Ah, bueno, la espero. ¿Cómo andas?

—Mira, nene lindo, te dije que no te metieras con mi hermana.

Él se rió al ver que hablaba en serio.

—Necesito hablar con ella.

—No está. Vete a tu casa. —Le dio la espalda, tomó la regadera y la llenó con la manguera.

—Tengo que verla porque estoy loco por ella. No sé qué te habrá contado...

—Que eres un tonto inmaduro, egoísta e insensible, que necesita...

—¿Eso te dijo?

—Todavía no terminé.

—Entiendo. No hace falta que termines.

Carla se encogió de hombros.

—Lo que venía era aún mejor.

Logan se restregó la frente.

—No, seguramente es peor, mucho peor, pero yo quiero arreglar las cosas, Carla.

—¿Por qué serán tan tontos los hombres?

No era necesario que dijera *tanto*.

—Para que las mujeres se sientan satisfechas consigo mismas cuando nos enderezan, supongo.

—Tal vez —repuso ella con una sonrisa, y siguió regando las plantas—. Bueno, mamá sí que quiere enderezarte. Está tratando de que Teresita vaya a un curandero.

—¿Adónde?

—A ver un curandero, esas personas que te curan los maleficios, como el mal de amores.

Logan se acercó un paso más y se calzó las manos en las caderas.

—¿Dices que tu madre quiere que vaya a ver a un brujo para que la cure del amor que siente por mí? —preguntó, incrédulo.

—Algo así —admitió ella entre risas.

—No está aquí adentro, ¿verdad? —Una alocada sensación de pánico le cerró la boca del estómago y ascendió luego hasta su corazón, que comenzó a latir al doble de velocidad.

Carla lo estudiaba con un raro semblante.

—No, quédate tranquilo. Está en el restaurante de mis padres. Estos días ha estado trabajando allí de noche, y por eso he venido a regarle las plantas. El local se llama El Horno, y queda en Santa Mónica. Búscalo.

—¿Ha estado trabajando en el restaurante?

—Sí, para que mis padres no tengan que gastar poniendo a otra persona. Tuvieron un problema económico, y Teresita está tratando de ayudarlos. Les da todo el dinero que le sobra, y ahora también el tiempo que le sobra.

Logan se quedó mirándola. Qué maravilloso tener una familia tan unida. Teresa era muy generosa, muy responsable, muy distinta a él.

Se estiró y besó la mejilla regordeta y colorada de Carla.

—¿Y esto a qué se debe? —preguntó ella, poniendo los brazos en jarras.

—¿Acaso no es una costumbre latinoamericana despedirse de la cuñada de uno con un beso?

—¿Cuñada? Veo que te haces muchas esperanzas.

—Sí —reconoció, sonriente—. Gracias, Carla.


Teresa parecía una bandera mexicana. Se había puesto una blusa color rojo vivo con manguitas cortas que le dejaba los hombros descubiertos, y una falda verde. En la cintura, un lazo de tela blanca.

Logan pidió que lo ubicaran en su sector y la observó escudándose tras el menú. Notó que llevaba el pelo recogido, lleno de rulos y ondas. Estaba tan distinta con ese atuendo, que le costaba asociar la imagen de la Teresa habitual, más apagada con el de esa camarera, como si no fueran la misma persona.

De pronto ella se dio vuelta y llegó a su lado. Rápidamente él volvió a levantar el menú.

—¿Listo para hacer el pedido?

Lentamente bajó la carta y vio que desaparecía en ella la sonrisa.

—¿Qué haces aquí?

Una animada música de mariachis invadía el local, sumada al ruido de charlas y risas en derredor. Pero Logan no se sentía con ánimo de festejar nada. Había sido un tonto en no reconocer antes lo maravillosa que ella era.

—Tenemos que hablar, Tess.

—¿Ahora? ¿Aquí?

—Espero hasta que termines.

—No; vete a tu casa. Si quieres hablarme de algo, me lo comentas el lunes en la oficina.

—En la oficina ni me miras.

Con la vista gacha, ella tendió la mano.

—Ya que no vas a comer, devuélveme el menú.

—Tess...

—Por favor. —Giró sobre sus talones y se encaminó al fondo del salón.

Logan dejó la carta sobre la mesa y salió tras ella, en medio de las mesas redondas de bella decoración. Teresa entró en la cocina por una puerta rebatible, y él la aferró de la moña blanca para hacerla detener.

—Vete —dijo ella, dándose vuelta para mirarlo de frente.

—Sólo si accedes a hablar conmigo esta noche. Puedo esperarte en tu casa.

—No.

—Frente al local, en la playa de estacionamiento, donde quieras.

—No.

—Tess. —Le apoyó las manos en las caderas y acortó el espacio que los separaba—. Sé que podemos arreglar esto.

—¿Arreglar qué cosa? No hay nada entre nosotros.

—Tonterías.

Una mano lo sujetó fuertemente del hombro y le dio un tirón hacia atrás.

—¿Qué le está haciendo a mi hija? ¡Salga ya mismo de esta cocina!

—No te preocupes, papá. Es... un compañero de trabajo.

—¿Compañero de trabajo? —El robusto mexicano de cejas pobladas y grueso bigote miró muy serio la mano de Logan que seguía apoyada sobre la cadera de su hija.

—Me llamo Logan Wilde. Estoy enamorado de Tess.

—¿Quién diablos es Tess?

—Ay, Dios santo. Papá...

Logan le apretó más la cadera.

—Es verdad que estoy enamorado, Tess. Lamento no habértelo dicho antes, pero...

—Lo cierto es que no me lo dijiste. Tuviste muchas oportunidades para hacerlo, pero no abriste la boca. Ahora vete: no quiero volver a hablar contigo. —Salió de prisa por las puertas oscilantes.

Logan iba a seguirla, pero el padre se le interpuso en el camino. Logan lo miró, y contempló luego por sobre su hombro el espacio vacío donde un segundo antes había estado Teresa.

—Escuche, señor Romero...

—Ella le dijo que se marchara. La puerta queda allá.

—Ella no quiere que me vaya. Me ama.

—Sinceramente espero que no.

Echó un último vistazo a la puerta rebatible; luego suspiró y miró al hombre a los ojos, unos ojos muy parecidos a los de su hija.

—Claro que me ama, y yo también a ella —dijo.

—Dios mío, ¿por qué a mí? —Romero miró al techo como en actitud de oración.

—Me enamoré de lo linda que es ella, de lo buena, sincera y trabajadora que es, y...

—Suficiente.

—Y me encanta que esté dedicando su tiempo para ayudar a la familia. Me encanta que no sabe cocinar, que es terca, competitiva...me encanta todo lo suyo, señor Romero. Amo a su hija.

El hombre volvió a mirarlo, inspeccionándolo en silencio.

—Le creo —dijo, y se alejó, casi con aire apesadumbrado.

Logan estaba deshecho. Ir ahí había sido un error. Tess se merecía algo mejor. La amaba y tenía que de-

círselo cuanto antes. Con eso no bastaba. Entonces enfiló hacia la puerta del fondo.

Había sido una larga noche, y los pies la estaban des-
trozando. Se sentó frente al bar y apoyó los pies en la
banqueta contigua. Del otro lado del mostrador, el
padre la miró fijo.

—Mañana vuelvo, papá.

Romero asintió en silencio.

—Así que estás enamorada de ese hombre.

—Papá...

—No me mientas, Tere.

—No te iba a mentir.

—¿Cómo puedes haberte enamorado de alguien que
ni siquiera conozco, a quien nunca me presentaste?

Se restregó las sienes y respondió:

—Hicimos juntos un viaje por cuestiones de trabajo,
y sucedió. Uno no planifica enamorarse; el amor se
presenta por sí solo.

El padre lanzó un suspiro.

—Es un loco.

—Ya sé —reconoció Teresa, apretándose aún las
sienes.

El padre sonrió, se inclinó sobre el mostrador y le
dio un beso en la frente.

—Está enamorado de ti, m'hija. Tiene que estarlo, si
se vino hasta aquí y armó semejante espectáculo.

Teresa sonrió.

—Siempre se porta así.

—Dios mío —agregó el padre, y se marchó.

El lunes a la mañana, Teresa llegó a primera hora a
la oficina. El sol estaba empezando a vislumbrarse en

medio de una espesa niebla. Puesto que era temprano, le sorprendió ver a Logan en su escritorio, arrellanado en su sillón, con las manos entrelazadas sobre el vientre y la mirada perdida en el espacio.

No bien la vio entrar, se puso de pie y fue a su encuentro. Quedaron parados entre ambos escritorios, mirándose. La declaración de amor de Logan aún resonaba en sus oídos. Le dolía el corazón al verlo.

—Llegaste temprano, Logan. —Su voz resonó en la oficina vacía.

—Trabajé todo el fin de semana en la cuenta de la lana. Creo que tengo la solución.

Ella había terminado de investigar y de llamar a los tres posibles proveedores argentinos, y también había llegado a una decisión. Tenía el bolso colgado de un hombro, la computadora portátil del otro, y el portafolio en la mano. Dejó todo en el piso y lo miró de frente.

—Yo también opté por alguien. Tengo el informe para Edward.

—¿A verlo?

Abrió las trabas del maletín y le entregó los papeles. Logan les echó un vistazo y sonrió.

—Está perfecto.

Al oír esas palabras, Teresa soltó un suspiro que había estado conteniendo.

—¿Entonces estás de acuerdo?

—Es exactamente lo que decidí yo. —Le devolvió el informe, sin apartar de ella la mirada.

Teresa tomó el informe, pero él no lo soltó. Vio entonces su semblante serio y se dio cuenta de que ya no hablarían más de cuestiones de trabajo. Tenían temas más importantes que arreglar. Había pasado el fin de semana entero pensando en la declaración de amor que él le hacía en el restaurante, y quería verlo a la vez que lo temía.

—Lo lamento, Tess.

—¿Qué es lo que lamentas?

Logan suspiró, con una expresión que quiso ser una sonrisa.

—Quieres una lista, ¿eh? ¿Qué te puedo decir? He sido un tonto. —Se adelantó, estiró un brazo y con el dedo índice recorrió el contorno de su mejilla. La caricia fue tan tierna, y la expresión de sus ojos tan íntima, que ella debió contenerse para no caer ahí mismo de rodillas e implorarle que la amara.

La mano descendió del rostro al hombro. Sentirla sobre su cuerpo era para ella como una droga que aceleraba el ritmo de su sangre, que la rejuvenecía. Si tuviera el mismo efecto sobre sus emociones... Cada segundo que pasaba, se sentía más al borde de las lágrimas.

—El tiempo que estuvimos juntos fue... —le apretó el hombro—. Me enamoré de ti en aquel viaje, Tess.

—Lo sé —respondió ella sumergiéndose en el marrón de sus ojos—, pero también sé que lo consideras un inconveniente y que preferirías no amarme. Eso me hiere muchísimo. —¿Podía tener futuro con un hombre así?

Logan le soltó el hombro.

—Tess, te quise desde que llegaste a trabajar aquí hace tres años. Sabía la clase de mujer que eres, y así y todo te perseguí, o sea que la verdad es que sí quería amarte, y te amo.

—No es eso lo que querías, Logan —respondió ella, tratando de sonreír—. No buscabas una relación seria.

—Es cierto. Lo que hacía no era vivir. Y aquí estoy, ocultándome en un puesto que no tomo en serio. Me meto en relaciones que no me importan. Es como si me dijera que, si las cosas no me importan y luego las pierdo, no voy a sufrir mucho. Es lamentable, pero en el fondo no soy así, y tú me ayudaste a verlo. Por eso es que hoy le entrego a Edward el preaviso de mi renuncia.

—¿Qué? —¿No trabajaría más allí?

—Me voy, Tess.

Ella se acercó un paso más.

—¿Por qué, Logan?

—Edward fue bueno conmigo y me tendió una mano, pero ya es hora de que busque otros rumbos.

—No puedo imaginar lo que va a ser venir todos los días a trabajar y no verte.

Entonces él esbozó una de sus típicas sonrisas francas.

—A lo mejor te acostumbras a verme después del horario laboral...

Todo iba sucediendo con demasiada rapidez. ¿Qué era lo que estaba diciendo?

—¿Después del horario laboral?

—Si estás dispuesta a darme otra oportunidad, me gustaría empezar como corresponde, de la manera correcta, siendo novios, luego comprometiéndonos, casándonos. Después, los hijos y todo este asunto serio de la familia.

—¿Casarnos? ¿Tener hijos? Eso no sé. Mi papá te odia.

—Y bueno, tú también me odiabas al principio. La gente después se acostumbra a mi persona.

Sí, así era.

—A mí me llevó tres años —añadió ella, con una sonrisa de picardía.

Logan la tomó de los hombros y prácticamente la obligó a ponerse en puntas de pie.

—Te quiero muchísimo, Tess. Voy a hacer cualquier cosa con tal de que estés contenta tú, tu papá, tu familia entera... con tal de que me digas que todavía me quieres a tu lado. —La intensidad de su mirada le dio a entender a ella que hablaba en serio.

Sintió un nudo en la garganta de la emoción.

—Yo te amo...

—Eh, veo que no soy el único que hoy decidió venir temprano —resonó la estentórea voz de Edward, y en el acto ambos se separaron.

Logan sonrió.

—No digas lo que piensas.

Fueron todos a la oficina de Edward Reed. Teresa le puso el informe de quince páginas sobre el escritorio.

—Aquí dice a quién creemos que habría que elegir —dijo.

Edward enarcó una ceja.

—¿El nuevo proveedor de lana?

Logan y Teresa asintieron.

Edward fue pasando las páginas con expresión adusta.

—No entiendo —confesó.

—La estancia El Gaucho fue el que elegimos primero, y sigue siendo el mejor. Quiero viajar de nuevo esta semana y cerrar trato con ellos —anunció Teresa.

Edward continuaba mirándola azorado. Se recostó contra el respaldo de su asiento.

—Si no pudieron cerrar trato la primera vez, ¿qué te hace suponer que podrás hacerlo ahora?

—Hubo un malentendido, pero ya hablé por teléfono con Juan Carlos Pennetti, y está dispuesto a reunirse conmigo en las oficinas administrativas que tienen en Buenos Aires para renegociar. Podría suscribir el convenio dentro de una semana.

Edward sonrió.

—¿Tú qué dices, Logan?

Logan le entregó su renuncia.

—Voy a quedarme aquí para terminar varios asuntos mientras Tess cierra trato con los argentinos.

—¿Estás seguro de tu decisión?

Logan asintió en silencio.

—Entonces, hagámoslo. Tess, empaca tus maletas y

vete. Si crees que puedes suscribir el contrato, viaja ya mismo.

Ella miró a Logan y éste le sonrió.

—¿Y bien? ¿Qué esperas? Cuanto antes te vayas, más pronto estarás de vuelta.

Pese a que Edward los miraba, Teresa se estiró y besó al único amor de su vida.

—Te amo, Logan Wilde —musitó pegada a esos labios sonrientes.

Se fue a su casa, armó la maleta y marchó en auto al aeropuerto. Juan Carlos se había mostrado escéptico cuando habló con él por teléfono, pero de inmediato accedió a recibirla. Fue a esperarla al avión y la llevó al hotel. Se comportó amablemente con ella.

Al día siguiente se reunieron en las oficinas que dirigía su madre. Pasaron el día entero conversando sobre todos los puntos que inquietaban a Juan Carlos. En definitiva, ambas partes cedieron en algunas cuestiones y pudieron así firmar el contrato que los convertía en socios.

Teresa sabía que había suscrito el convenio más provechoso de su vida, lo cual la ponía contenta, pero esa alegría no era nada comparada con la felicidad intensa de saber que Logan estaba esperándola, y que la amaba.